Jogo de armar

Edgard Telles Ribeiro

Jogo de armar

todavia

Para Angelica

I

I

O homem senta-se uma vez mais à mesa em busca de sua frase. Precisa dela como de uma embarcação que, nas vizinhanças do alto-mar, depende do farol na noite escura. Ignora por onde irá ou mesmo se chegará a algum lugar. Sabe, apenas, que tem uma história para contar. E isso lhe basta.

Como de hábito, ele hesita. E pensa na entrevista que dera, havia alguns dias, ao jornalista novato. O rapaz indagara de onde provinham suas histórias. E ele respondera: "De uma frase". O entrevistador sorrira e sentenciara: "Não há obra de ficção que não tenha principiado por uma frase".

Olhara então para seu interlocutor com uma inveja sincera, pois se recordava de seus tempos de certezas movidas a ironias (ou de ironias alimentadas por incertezas), bem como de suas tiradas ágeis e engraçadas.

Ao jovem, porém, nada mais dissera que não refletisse a mais absoluta verdade. Porque tudo começava, de fato, por uma frase — seguida do abismo. Talvez por isso seus depoimentos passassem em branco. Do abismo, nada sabiam.

Volta sua atenção para uma cena de há pouco, que agora lhe parecia curiosa de tão estranha — associada que estava a algo de singularmente banal: um mero tubo de pasta dentifrícia. Tubo que jogara na lata de lixo errada; e que a mulher submetera a sua inspeção, acompanhada por uma observação pontual: *não é reciclável — é lixo normal.*

Lixo normal, homem normal, a que categorias distintas pertenceriam esses pensamentos, ainda se perguntara, sem saber ao certo como catalogar a dúvida em um inventário tão sobrecarregado — como era o seu. A mulher, porém, insistira. E com um incisivo *além disso* oferecera um trailer do que ainda viria: apertado até não mais poder, o pobre tubo revelara, na pia do banheiro, a quantidade de pasta que ainda abrigava em suas entranhas; e ambos, encabulados, mas resignados, haviam se entreolhado, o tubo tranquilo, quem sabe aliviado — dada sua condição de objeto inanimado; o homem desassombrado, mas aberto à diversidade de ensinamentos domésticos de que era alvo a cada dia. E, entre os dois, calma, a mulher — que nada mais fizera do que trazer a público um dado objetivo da vida real.

Razões não faltavam para assimilar esses momentos de uma domesticidade reiterada, que em tempos outros teriam passado despercebidos, mas que, agora, se incorporavam sem cerimônia a sua vida com tenacidade — apesar de sua completa irrelevância.

Porque estavam presos em casa, a mulher e ele, havia pelo menos oito meses e, pelo andar da carruagem (volta e meia se perguntava para onde se dirigiria o elegante veículo e seus magníficos cavalos), faltavam pelo menos outros seis, quem sabe mais, até que o universo ora suspenso desse uma trégua — o que em seu caso significava pacientar; e enfrentar dias sem fim de banheiros por limpar, de aspiradores por passar, de seriados de televisão por decifrar, de panelas e pratos por lavar; sempre em meio ao ar que se tornava a cada dia menos respirável, levando-o a supor que não faltariam vizinhos para sugerir que o casal passava por dificuldades; vizinhos que, na calada da noite (expressão instigante, ela também), talvez viessem a discutir, preocupados, de que maneira essas circunstâncias extraordinárias não estariam afetando os moradores mais idosos do prédio.

Preocupações que haviam chegado ao síndico, levando-o a coçar a cabeça com um ar pensativo, antes de produzir um comentário afetuoso para a esposa — "as pessoas estão atentas aos nossos velhinhos do 802" —, pois era homem sensível a questões que evocassem desamparo ou solidão.

Clausuras... Esse tema tampouco o ajuda em seus propósitos. Era de tal forma abstrato que mantinha a quarentena confinada ao noticiário da noite, onde não havia rivais e dominava a cena — só que de forma repetitiva e desinteressante.

Um paradoxo, talvez; mas que não o intrigava. Já que nada havia na tevê que remetesse ao inesperado — e, decorridos meses de um circo sempre igual, nem mesmo a morte surpreendesse. Os números cresciam, é verdade. Mas não era o que deles se esperava?

O que restaria que merecesse registro — e gerasse interesse?

Veio-lhe à mente a frase de um escritor francês que, havia cem anos, declarara em uma de suas soirées nada haver de mais estimulante, para quem contava histórias, do que se deparar com duas palavras: *e então?*

Em seu caso, nem à indagação poderia recorrer, pois, *antes*, nada ocorrera que justificasse, *depois*, um olhar crivado de expectativas.

Então, nada.

Recordou-se da sugestão que dera a um de seus editores, homem que o admirava no limiar da dúvida, quando propusera a publicação de um volume composto de páginas brancas — exceto pela primeira que, em sua derradeira linha, depois de tudo proclamar aos quatro ventos, silenciaria de forma abrupta.

"Correrão todos ao caixa, para pedir o dinheiro de volta!", exclamara seu editor rindo. "Sim, mas em simetria perfeita com a plasticidade da obra", respondera sem pestanejar, "as mulheres pálidas, os homens lívidos, todos espelhados no vazio das páginas e com elas identificados."

Todos com direito a um sólido bônus, ainda pensara: o privilégio de descobrir com quantos paus se fazia uma canoa. Enigmática formulação, entre tantas outras, a que seu pai por vezes recorria respirando fundo e erguendo as sobrancelhas, pois era homem de cultivar a linguagem figurada, enriquecendo-a sempre que possível com uma infinidade de itálicos.

Quem sabe, aqui, chegasse a sua frase?

Pelo andar da carruagem, as coisas de há muito haviam deixado de ser as mesmas na calada da noite, sem que fosse possível proclamar, aos quatro ventos, com quantos paus se fazia uma canoa.

Era um começo, como outro qualquer. Parágrafos bem inferiores já lhe haviam rendido um livro ou dois. Sem grande ânimo, preparava-se para seguir em frente — quando a campainha do apartamento soou.

"Salvo pelo gongo", pensou, enquanto registrava a novidade a lápis ("gongo") em um bloco que mantinha para esses fins próximo ao laptop. E foi animado que tomou o rumo da porta para ver quem seria o incauto que, descumprindo as recomendações das autoridades sanitárias, se atrevia a importuná-los. Todo e qualquer socorro ao texto seria bem-vindo, naturalmente. Mas ele não se dirigia à entrada em busca de auxílio — e menos ainda de inspiração —, pois que agora vinha amparado por um objeto peculiar, e essa riqueza lhe bastava.

Tratava-se, afinal, de um instrumento pouco usual e curioso, apesar de, em si mesmo, primar pela discrição; e que nunca deixara de frequentar, com assiduidade, as travessias marítimas dos luxuosos transatlânticos que, no passado, haviam cruzado mares e oceanos por todos os cantos do planeta; e graças ao qual os passageiros da primeira classe — os cavalheiros de fraques, as damas ostentando vestidos longos e luvas — eram instados a comparecer aos jantares por força da sonoridade capturada por um delicado choque entre o pequeno martelo feltrado e o prato vertical de bronze, ambos manejados por um steward trajando um impecável uniforme branco com botões dourados, que caminhava com marcada dignidade pelos *decks* e *upper decks* de bordo emitindo, a cada dez exatos passos, um aveludado *dong-dong*.

Um profissional que tinha, nessa função, o epicentro de sua razão de ser a bordo do imenso transatlântico. Muito mais faria, com certeza, durante o dia; mas nada que regulasse de tão perto a rotina intrínseca da magnífica embarcação. Ou a sua própria, já que controlava o destino daquela pequena parcela da humanidade por efeito dos apetites de cada um.

Nisso estava quando, passando pelo quarto de sua mulher, dela ouviu:

— Você vai atender? Não abra sem antes ver quem é.

Um oceano encapelado, aquele pelo qual ele singrava de tapete em tapete a caminho da porta, enquanto se divertia com o conselho da esposa, totalmente dispensável, pois viviam havia décadas naquele apartamento e jamais porta alguma fora entreaberta sem que o visitante se deixasse inspecionar pela diminuta lente — a que eles ainda se referiam com carinho como "olho mágico".

Sorte a dele, estar perdido em meio a considerações do gênero — e, portanto, distraído —, quando, tendo consultado o visor, dera com uma forma desfocada que se prestava a diversas interpretações.

— Quem é? — indagou curioso.

— Dong-Dong! — insistiu o visitante.

O gongo?

O próprio... Chegava como uma boia de salvação que, tendo percorrido o caminho inverso, fosse projetada das profundezas abissais do Atlântico na direção de seu convés. Vinha socorrê-lo, repleto de algas, plânctons, salinidades... E trazia uma aragem de renovação — quem sabe uma alternativa para seu texto.

Uma pergunta, no entanto, impunha-se: estaria a realidade, atrás da porta, invadindo sua ficção?

Em caso positivo, com que intuito?

Aqui, pensou no conselho dado por um grande mestre do cinema a um talento emergente, no sentido de que em qualquer cenário de interiores convinha deixar sempre uma porta aberta, para que o espectador alimentasse a esperança "de que, por ali, alguém entrasse". E agora, justamente, um homem adentrava seu palco; anunciando, como em um passe de mágica, o desenlace, se não da trama, pelo menos da cena.

Deparava-se com um enfermeiro uniformizado, ninguém menos. Comportava-se a figura, porém, com o fervor de um militar. Em questão de instantes, cumprindo compromisso agendado pelo casal havia um mês (e desde então soterrado na memória cansada de ambos), o homem vacinara os dois, preenchera os respectivos atestados clínicos — e ainda exclamara, ao calçar de novo os sapatos já na porta de saída:

— Parabéns! A gripe está matando a torto e a direito. Quase tanto quanto a pandemia. Vocês podem ter sido salvos pelo gongo.

Promovida a parágrafo, sua frase ganhara uma companheira e, com ela, uma injeção de ânimo:

Como em um passe de mágica, o gongo voltara a soar uma vez mais. No entanto, pelo lento andar da carruagem, deixaria de ser ouvido na calada da noite, sem que fosse possível proclamar aos quatro ventos com quantos paus se fazia uma canoa.

2

O homem sabe que tem uma história para contar. Mas ainda ignora qual. Atraca-se então, não mais a sua frase, *mas à carruagem*. Com ela, imagina, talvez possa chegar a algum lugar.

Deduz que seu andar não se dera de forma vagarosa por culpa dos cavalos ou de seu cocheiro; e sim porque o derradeiro trecho da estrada fora prejudicado por uma sequência de subidas, algumas delas íngremes, bem como pela chuva que, ao longo da tarde, fustigara os viajantes e os animais que os transportavam.

Uma hora passa. A carruagem encontra-se agora imóvel em frente à porta da estalagem, sendo que dois dos quatro cavalos, agitando suas crinas sob o luar, já começam a dar sinais de impaciência. O cocheiro de veste e boina azuladas acaba de regressar de uma rápida ida à estrebaria onde, à falta de alternativa, urinara em um canto escuro sem disfarçar seu intenso alívio.

Se às palhas da estrebaria fosse facultado o uso de palavras, a elas teria cabido dar vazão a sua indignação, não só as molhadas e humilhadas pelas urgências do pobre homem, como também as amassadas e tripudiadas por cortesia dos joelhos roliços da cozinheira que, naquela tarde, montada pelo servente, aproveitara uma brecha no serviço para satisfazer uma parcela de seus desejos.

"Sorte que o marido se mantivesse ocupado com os quartos", pensara ela abotoando a blusa, vagamente preocupada em saber se sua sopa não estaria salgada, ou se a carne a que se dedicara por horas a fio continuaria assando no amplo forno sem passar do ponto.

Encostado a sua carruagem, o cocheiro concentra-se em roer a perna de carneiro que o proprietário fizera chegar a suas mãos com um generoso copo de vinho tinto e uma inesperada maçã. Em alguns momentos mais, caberia a ele, e a seus passageiros, enfrentar a etapa final do trajeto. Caso não voltasse a chover, chegariam em duas horas a seu destino. Satisfeito com a perspectiva, o homem atira ao longe seu osso e lambe bem os dedos antes de limpá-los na calça.

A vida era bela.

Nisso igualmente pensavam, por razões distintas, os seis convivas que bebiam próximos à lareira da hospedagem, felizes com as labaredas que aqueciam seus corpos cansados da longa jornada, dando a todos forças para discutir os assuntos do dia, dentre eles os rumores de que tropas austríacas se aproximavam da fronteira.

Lá fora, o ar podia até cheirar a pólvora, mas no aconchego da sala em que se encontravam reinavam paz e concórdia. Em nome de que ideias, ou princípios, os homens voltariam a se matar, nenhum deles sabia ao certo. Mesmo porque os aromas vindos da cozinha já invadiam suas narinas, e era essa promessa que os mantinha unidos em uma maré de otimismo.

A eles, só restava saborear seu Borgonha e celebrar a chegada, em alguns dias, do século XIX. Que época viviam! E que sorte ainda conservarem a cabeça sobre os ombros, quando, ao rufar de tambores, tantas haviam sido guilhotinadas pelos cadafalsos do país afora na última década. Quantas vezes ainda, perguntavam-se os mais inquietos, seria redesenhado o mapa da Europa?

Eram todos homens de meia-idade, *citoyens de la République*, burgueses de coração e comerciantes por vocação. Não tinham como associar as sombras que passeavam pelas paredes atrás do semicírculo de seus assentos a mitos de outros tempos; embora estes tudo tivessem a ver com a encruzilhada em que se encontravam.

    Como entender uma realidade que era, a uma só vez, próxima e distante? E por isso inacessível? Se estavam todos acorrentados, não mais a uma caverna, mas àquela sala — e nada viam além das crueldades recentes, que se reproduziriam em escala sempre ascendente pelos dois séculos seguintes? Ao longo dos quais seus descendentes formulariam indagações em tudo iguais, convencidos, a cada geração, de que elas teriam mudado ou evoluído, quando nem variado tinham?

    — Um grito! — exclama de súbito um dos convivas em uma rara pausa. — Lá fora... Vocês não ouviram?

3

O grito ainda soaria na noite. Por enquanto reinava o silêncio, em meio ao qual um camponês desolado contemplava sua canoa: uma pedra arrombara a parte lateral da frágil embarcação. Adernada, ela fazia água e só não afundara por completo na laguna por estar presa a uma corda atada à árvore. E isso no lugar exato em que o homem a deixara na véspera, como fazia a cada madrugada, sem jamais ter sido alvo de furtos ou vandalismos.

Uma maldade, aquela pedra... Grande e redonda, do tamanho de uma bala de canhão: dera cabo de sua alegria.

Pesca no meio da laguna ou na boca do rio acima, não mais; ou, pelo menos, nem tão cedo. Não sabia ao certo de quantos paus necessitaria para reparar sua canoa — no mínimo sete, estimava — e, sobretudo, onde encontrá-los na região. Sem falar na falta de recursos para tanto.

Mas o pior ainda estava por vir: não lhe restaria alternativa senão passar suas noites junto à mulher, preso à choupana. Forçado a abrir mão de descobertas inventariadas nessas horas de solidão, quando retornava a casa sem peixes em sua sacola, reconhecia, mas imerso em sonhos.

Ergue os olhos ao céu e dá com a lua cheia. Contempla a floresta a sua direita, pela qual nunca vira uma única alma passar; e nota, surpreso, que duas sombras se movem por entre as árvores, estranhas figuras iluminadas por um lampião, sendo uma delas a de uma mulher metida em um camisolão branco.

Espantado, observa a cena. Vê com clareza que o homem, corpulento e forte, traz um machado ao ombro, um lenhador, imagina; e que a mulher não parece acompanhá-lo de bom grado — caminha na realidade a sua frente, como que empurrada por ele. Tropeça, hesita, tornando seus receios aparentes a cada passo.

Mesmo distante, percebe que o lenhador leva pelo menos uma cabeça de vantagem sobre ele, sem contar com o machado; ao passo que ele dispõe apenas da faca enferrujada com que trabalha suas iscas.

Escuta o som de cavalos que relincham à distância, ansiosos por partir. *A estalagem...* Ali com certeza obteria auxílio, quem sabe uma arma. *Mas com que intuito?* Era o tempo de ir até lá e o lenhador já teria desaparecido com a mulher floresta adentro, levando para longe sua presa aterrorizada, cujos gemidos abafados ele agora escuta.

É então que, para deter a violência que considera inevitável, solta seu grito na calada da noite. Em resposta, porém, ouve apenas o vento que, de uma lufada, passa veloz sobre o topo das árvores.

Ao voltar seu olhar para a floresta, nada mais vê. Além das sombras.

4

Cenas que vão e vêm entre tantas outras...

Meia dúzia de seres perdidos em uma estalagem no limiar de um século hoje remoto — cujas preocupações de há muito se esfumaçaram no tempo. O grito anônimo de um camponês que sonha com seus peixes na calada da noite — e cujo desamparo terá sido tão real e intenso quanto um...

— ... um copo d'água? — indaga a esposa, entreabrindo a porta.

Um copo d'água. Ela raramente o interrompe, mas o homem não demonstra contrariedade; pois por vezes escreve como quem compõe. E, no momento, ainda ouvia o som das notas em suspenso a seu redor. Aceita então a água, que agradece, enquanto contempla os cabelos brancos da companheira que se despede.

Mas onde estava? Ah, sim, na calada da noite...

Diverte-se com o jogo de palavras. E pensa na riqueza que é trabalhar uma língua repleta de casualidades do gênero. Pois em nenhuma outra, que saiba, a noite abre espaço para um termo que evoque a mudez de forma tão explícita, quase acintosa.

O silêncio noturno traz um sabor adicional para sua claustrofobia. Isolado em casa a mando das autoridades públicas, enclausurado em um corpo a corpo com seu texto, abraçado a cada palavra, vive uma tempestade perfeita em um copo d'água. Como não agradecer à companheira pela interrupção casual, que conferira à realidade um novo grau de urgência?

Esses são, além do mais, os enredos que lhe dão prazer. E que o interessam, por suas encruzilhadas e bifurcações. Mas que também acabam sendo os que preocupam seus editores. Para não falar de seus tradutores, a quem por vezes cabe lidar com parágrafos de difícil resolução em suas línguas dominantes.

Pobres línguas dominantes... Em homenagem a elas, retorna uma vez mais ao texto, pé ante pé, entre curioso e atento:

Como em um passe de mágica, o gongo voltara a soar uma vez mais. No entanto, pelo lento andar da carruagem, deixaria de ser ouvido na calada da noite, sem que fosse possível proclamar aos quatro ventos com quantos paus se fazia uma canoa, sobretudo se esta última, a exemplo de certos manuscritos, fizesse água por entre as pausas.

5

Algumas semanas antes da epidemia, por sugestão da mulher — que atendera a uma antiga recomendação de sua cartomante —, haviam trocado de quartos.

De há muito dormiam em quartos separados, mas sem se dar conta de que nenhum deles lhes franqueava, nas palavras um tanto solenes de *Madame Vandá*, "a harmonia necessária a um sono reparador". Uma dificuldade que, para a vidente, teria origem no campo mais oscilante e elusivo de suas energias vitais.

Vitais ou não, a troca de quartos trouxera bem-estar. Tanto que ele até pensara em consultar *Madame Vandá* para lhe falar de seus manuscritos. Mas, quando se olhara no espelho uns dias depois, ao fazer a barba pela manhã, mudara de ideia.

Muitas seriam as razões que os teriam levado a dormir por tantos anos, nas palavras da sábia senhora, "em quartos errados". (*Como poderiam sonhar?*, indagara ela.) Só que, dessas razões, não se recordavam. Não tinham, assim, como avaliar de que forma o equívoco afetara a vida deles e, menos ainda, seu universo onírico.

O de sua mulher, por sinal, já vinha assumindo proporções misteriosas havia tempos, pois ela jamais se referia a essa vertente de seu patrimônio. Não havia registro de que pronunciasse, como ele, as palavras tão corriqueiras entre casais ou amigos, "ontem tive um sonho curioso"; ou, talvez mais comumente, "um sonho estranho".

Sonharia? Certamente... Perdera, no entanto, as chaves de acesso ao universo secreto. Chegara a pensar em lhe propor que procurasse ajuda. Mas logo desistira: sabia que, no caso dela, terapias somente seriam viáveis se intermediadas pela magia.

Um mágico... Por que não? Se a mente tangenciava o mistério, nada mais natural do que confiá-la a um profissional do insólito. Um ser para quem o surpreendente não encobrisse, necessariamente, um enigma. E sim uma ilusão, um simples truque...

Em meio a seus pensamentos, veio-lhe à cabeça uma imagem bíblica — a queda das muralhas de Jericó. Amparado então, de um lado, por uma vidente e, de outro, por um mágico, convencera-se de que era ali, atrás daquelas majestosas muralhas, fossem elas metafóricas ou não, que se escondia o que sua mulher se recusava a revelar — não tanto para ele, mas para si própria.

Se a muralha ruísse, pensou, *ela sonharia*.

E ele teria acesso à brecha que o levaria a sua cidadela. Mesmo porque, dava-se conta, era ele, e ninguém mais, quem torcia pela implosão daqueles muros, pela derrubada e esfacelamento das toneladas de pedras mescladas à terra batida e à argila — desde sempre abençoadas pelas águas do rio Jordão.

Agora, decorridos tantos meses de reclusão, ele continuava a aguardar que, por detrás daquelas muralhas santificadas, a mulher sonhasse.

Muralhas antigas, muralhas sólidas de Jericó, murmurava por vezes de olho na frágil parede a separar seu quarto dos aposentos da esposa. Porque não tinha medo do ridículo e era capaz de proezas diminutas como essas.

Até que, certa noite, a porta se entreabrira e a mulher surgira a sua frente. De forma tão inesperada que, em um primeiro momento, ele se assustara. Mal passavam das cinco da madrugada.

— Vi a luz acesa... — ela dissera, como a se desculpar.

Ele sorrira para tranquilizá-la. Os olhos dela brilhavam. Seus cabelos estavam desgrenhados.

— Queria te contar... — acrescentara ela dando dois passos em sua direção — ... *o sonho que acabo de ter.*

Louvados sejam os deuses e seus apóstolos..., ele ainda tivera forças de pensar, antes de desaparecer sob a avalanche de terras, argilas e pedras que desabavam muralha abaixo e o recobriam por inteiro, levando-o a se entregar, tal o mais alerta dos sonâmbulos, aos aromas das águas do rio Jordão.

6

Instalaram-se na sala de estar, uma espécie de território neutro no qual por vezes se encontravam, como se, de quando em quando, precisassem conferir certa solenidade ao que seria dito.

Em geral, no entanto, esses encontros quase sempre se davam quando uma pessoa conhecida de ambos saía de cena, o que os levava a passar alguns instantes em contrição, para em seguida rememorar esse ou aquele episódio de que tivessem participado com o falecido. Nessas ocasiões, nunca deixavam de se felicitar por ainda gozarem de boa saúde, em que pesem os exageros de juventude.

Seja como for, a sonoridade das palavras, naquele ambiente, conferia à realidade um realce adicional. Como se mastigassem suas frases com cuidado, atentos a sua digestão. O que perdiam em sutilezas ou digressões, conquistavam em densidade.

— Quer um pouco d'água? — ele indagou, interessado no sonho, mas preocupado com os textos que acabara de abandonar à própria sorte.

Alheia àquelas palavras, Eva dera início a seu relato.

— No sonho, o síndico veio nos ver — ela principiou. — Sentou-se em uma das poltronas.

Ele se segurou para conter sua incredulidade: "*O síndico!?!*". Recusava-se a pisar nas ruínas de sua muralha pelas mãos de um cicerone de tal modo desqualificado.

Ela designou, com o indicador, o móvel à direita do sofá no qual se encontravam acomodados:

— Na poltrona azul.

Ele acendera apenas um dos dois abajures. Com isso, mantinham-se envoltos em sombras. Levantou-se e acendeu o segundo abajur, iluminando melhor a sala. Olhou para o móvel indicado, como se pudesse dar vida à figura que, pouco antes, se instalara a dois metros deles. Não que desgostasse do rapaz, ao contrário.

Mas, francamente, sonhar com o síndico!

Sentia-se frustrado. Para ela, erguera nada menos do que as muralhas de Jericó... E ainda lograra implodi-las! Nem Cleópatra aspirara a tanto.

Foi uma sensação passageira, porém, e ele logo se recompôs. Alguns segundos se passaram, durante os quais fechou os olhos. As três frases iniciais da esposa sugeriam uma história sem consequências.

A mulher prosseguiu com seu relato. E ele tomou conhecimento de que fazia sua costumeira sesta depois do almoço, quando o interfone soara. Eva atendera e, sentindo que o assunto parecia urgente, decidira receber o síndico sozinha, certa de que se tratava de tema relacionado ao prédio.

Ao notar que seria recebido apenas por ela, o visitante perguntara pelo marido. Sem demonstrar contrariedade, ainda que visivelmente preocupado, fora assim mesmo em frente. Como...

...se não houvesse tempo a perder.

De tão atento, capturava até os itálicos da história — sem que a mulher precisasse abrir aspas com os dedos ao ar. Que ela soubesse tecer uma trama não era, para ele, uma novidade. Além de excelente fotógrafa, havia sido jornalista. *Mas um sonho com claros contornos documentais? Transmitido a conta-gotas e com precisão cirúrgica?*

Não se tratava, no entanto, de narrativa que trouxesse alívio à esposa, ia percebendo, e menos ainda prazer. Fazia mais pensar em uma necessidade. Como se ela estivesse desovando suas imagens.

Ficou intrigado com a linguagem a que recorrera: peixes ou tartarugas desovavam suas crias, cadáveres eram desovados em terrenos baldios... *Mas sonhos?*

E de onde viria o mal-estar que já despontava?

Estavam sentados lado a lado no sofá, o que o levou a observar seu perfil. Notou que, sem deixar o lugar, ela dera um jeito em seus cabelos e se recompusera discretamente.

A narrativa do síndico se resumira a pouco: alertado pelo porteiro, ele descera para falar com uma família que se refugiara na garagem do edifício. Traziam uma menina pela mão. E uma maleta. Era coisa urgente. Tratava-se de uma emergência.

Precisavam de ajuda. Com as ruas praticamente desertas em decorrência da pandemia, o trio adquiria de repente uma visibilidade preocupante. "E a polícia?", ela indagara. "Era dela que fugiam", viera a resposta. "Dela e dos traficantes."

O homem olhara de relance para a poltrona vazia. *Polícia, traficantes...* Iam de mal a pior. Notou que, lá fora, amanhecia. Os pássaros começavam a ensaiar a algazarra que em breve dominaria a rua.

— Você não gostaria de um suco de laranja? — indagou à mulher que, uma vez mais, não pareceu ouvi-lo.

"Tratava-se de uma emergência", repetira o síndico. Daí sua busca por quem pudesse abrigar a família por um dia que fosse. Concentrara-se nos três apartamentos que contavam com apenas dois moradores. Um deles estava em obras, com os proprietários ausentes. Dos dois restantes, ele primeiro apelara "para o casal do 401". Encabulado, acrescentara: "Eles só faltaram bater com o telefone na minha cara".

O homem mal conseguia acompanhar o que ouvia. Soava tudo tão natural... Os refugiados na garagem, o casal indignado do 401, a visita do síndico a sua mulher e, agora, eles dois discutindo o sonho — cada qual desempenhando um papel em seus respectivos compartimentos. Mas como marionetes. Sem falar que nada fazia sentido... Perdia-se no relato como, por vezes, desaparecia entre as páginas de seus manuscritos. Do que se tratava? De um sonho, claro, que bobagem... E sonhos eram assim.

Ou não seriam bem assim?

Incorporando a seu relato um constrangimento que, em sua origem, notara no semblante do síndico, a mulher explicara então, no mesmo tom de que seu visitante se valera com ela — mais baixo, quase sussurrante —, que a família era negra.

— *Negra?* — o escritor repetira.

— Sim. Foi o que o síndico disse.

E, como se necessário fosse:

— No sonho.

Fazia sentido..., o homem pensara, detendo-se por alguns segundos no cuidado com que a questão racial havia sido introduzida.

Quando voltara sua atenção para o relato da mulher, porém, a família já se encontrava no interior do apartamento *deles*. A menina, colada às pernas da mãe, mantinha os olhos fixos em Eva. O síndico desaparecera.

— Aí eu acordei.

Surpreso com o desfecho repentino, o homem ficou irritado. *A mulher nem sequer fizera uma reverência antes de sair de cena*, ainda pensou. Aquele final soara estranhamente inesperado — como se ela tivesse violado uma regra secreta ao não pedir permissão para despertar.

Deixava-o a sós com o sonho. A sós com uma família de desconhecidos em seu apartamento. Sem que ele soubesse o que fazer dos três. E menos ainda da história.

E, para conferir uma dimensão adicional a seu espanto, Eva concluiu:

— Não consigo deixar de pensar na menina.

7

A menina. Nela, quase nem pensara... Só mesmo a mulher para, chegada a hora de despertar, reviver a saga pelo filtro da emoção. Em poucas palavras, era o que fizera.

Quanto a ele — recordava-se encabulado —, ao saber da família, detivera-se na maleta. *O que conteria? Para serem tão perseguidos?*

Ela se detivera na menina. Era a distância que os separava. Nem sempre, contudo, havia sido assim.

Tinham se conhecido pichando paredes cinco décadas antes. Defendendo, dali em diante, todo tipo de causas que haviam inspirado e motivado sua geração. Não tinham tido filhos. Mas, se tivessem tido, eles se orgulhariam dos pais.

Agora, contudo, pelas mãos de sua mulher, a criança ocupara o espaço a que parecia destinada. E uma rajada de beleza varria o apartamento, trazendo, para o ambiente ascético, a energia que colocara a menina em cena e dera ao sonho seu lastro.

Assim pensou o escritor, que passou a rever o fio narrativo pela ótica da esposa. Sentia-se, em parte ao menos, responsável pelo que ocorria — afinal criara, com suas muralhas milenares, as condições que haviam dado origem àquele enredo.

Mas fora a mulher quem sonhara. E, ao sonhar, quem incorporara a criança a seu destino. No lugar de preocupado, no entanto, ele se sentia sobretudo interessado. Daí que, pretendendo ganhar tempo, procurou desdramatizar o momento.

Para, depois, melhor poder lidar com ele. (*Na hora em que Eva despertasse de vez*, ainda pensou.)

E então?

Eva leu seus pensamentos, era mestre nisso. E respondeu:

— Então, nada.

— Nada?

— Nada.

Notou-a abatida. Suas visões haviam sido intensas, vivera o sonho como realidade. Era quase como se a criança estivesse agora sentada entre eles. Sem os pais, sem o síndico. Apenas ela.

Aos poucos, contudo, sua presença foi se tornando menos distinta, apesar da luz do amanhecer. Ou por causa dela. Foi quando o silêncio de Eva voltou a pesar.

Fim da narrativa, ele deduziu.

Mas não da história, também entendeu. Ela não findara nem findaria. Muralhas não desmoronavam sem deixar vestígios. Esses iam das lendas à mitologia, dos alicerces da fé aos fundamentos da ciência, das guerras às revoluções.

Diante da mudez da mulher, voltou a insistir:

— Mas o que é que você achou? Dessa sua aventura onírica?

E, uma vez mais, Eva o surpreendeu:

— Por que nunca conversamos sobre adoção?

8

Ao longo do dia, optaram por não voltar ao assunto, cada qual por suas razões. (Muito teria dado para examinar as dela.) Um fato, no entanto, mantivera-se acima de qualquer dúvida: a experiência os exaurira. Eva fora dormir de novo e só voltaria a despertar na parte da tarde; ele regressara a seu quarto e por lá ficara, indo e vindo sem nada ler ou escrever. Sentia-se ansioso.

Sentia-se, sobretudo — e para seu espanto —, irrelevante. Porque o sonho varrera por terra as poucas páginas que escrevera nos últimos dias, negociando cada curva, cada desvio de caminho, conectando com dificuldade imagens que mal se conheciam de vista, histórias que não falavam sua língua. O sonho deixara seu manuscrito à deriva.

Lá fora, havia uma realidade que pulsava e sangrava. Na qual pessoas morriam ou desapareciam em um piscar de olhos. E, em confronto com a qual, sua literatura empalidecia.

Exagerava, é claro. E precisava se acalmar. Como todo idoso, era meio paranoico. (Como todo escritor, apreciava uma paranoia ocasional.) Mas era como se sentia, sem forças para acreditar. Em si mesmo.

Seu abismo o cercava.

De forma gradativa, mas resoluta. Em seu apartamento antes e depois do sonho. Em sua consciência desde então.

Ao despertar, a mulher resgatara a criança. Não se tratava de reação instintiva ou maternal: *para ela, era por ali que a história corria.*

E ele, do alto de seu Olimpo, em que pensava?
Em sua obra. Em seu pequeno mundo.
Algo de novo, porém, sucedia: lidava com as perguntas que agora o fustigavam como personagem — e não autor.

E foi nessa nova condição que passou a examinar seus textos. Ao navegar por eles, contudo, não gostou do que lia. Nada encontrou que refletisse, em relevância, beleza e intensidade, a força do olhar da menina encarando Eva, enquanto, atracada à mãe, sentia o pai suando frio a dois passos dela.

E então?
Então, ele se perguntou quantos negros teriam viajado em seu transatlântico, que não estivessem trabalhando nas fornalhas ou nas cozinhas da luxuosa embarcação. Perguntou-se também se algum deles teria escutado, de longe que fosse, o gongo de seu steward soar — ou vislumbrado os salões mais elegantes.

Em compensação, sabia onde se encontravam essas figuras enquanto os *citoyens de la République française*, às portas de um novo século, celebravam sua liberdade, igualdade e fraternidade: nas plantações das três Américas; plantações francesas entre elas, nas Antilhas; trabalhando cargas horárias impossíveis de sol a sol, depois de terem sido acorrentados como animais em um lado do oceano para serem vendidos como gado em outro, onde sofreriam as mais degradantes atrocidades.

De pergunta em pergunta — e foram muitas as que se fez naquela tarde —, chegou a sua mulher. (E chegou inquieto, pisando em ovos.) Teria conseguido repousar após atear fogo a seu paiol? Tendo desovado o sonho, dormiria agora em paz? Deixando-o a sós em meio ao tumulto do qual se tornara prisioneiro?

Descobria-se distante da beleza que ela criara ao trazer a criança para sua órbita. Voltado para seu universo, reduzia-se a um infeliz a mais, perdido na paisagem.

Nada acontecia por acaso, ensinara a vidente, *menos ainda em se tratando de sonhos. Bastava estar atento aos laços que uniam as imagens. Entendidos os laços, a mensagem se tornava clara...*
Com seu olhar, a menina dominara a cena. Cinco anos... Idade em que as crianças se abrem para a magia. Ou sucumbem à desolação.
Fora o bastante: um único olhar. Um desfecho que, preservando três seres, honrara todos os demais.
Entendidos os laços, a mensagem se tornava clara.
Eram laços de compaixão... Sua mulher sonhara, caberia a ele dar vida ao sonho. Por mais que o intimidasse, até mesmo por não o compreender em sua plenitude. O jeito era levar a alquimia a suas últimas consequências. Valendo-se de sua obra. Estaria à altura do desafio?
Pela primeira vez, então, respirou fundo. Entre duas terras, a de ninguém e a prometida, faltavam-lhe palavras. Mas já não se sentia só nem isolado na paisagem. Quem, se não ele, produziria a síntese perfeita que permitisse à história ser contada?
Voltou a respirar fundo. Dessa vez, no entanto, a sensação de bem-estar o invadiu e inspirou. Sua hora chegara. E então, a alma leve, ele escreveu:
Como em um passe de mágica, os velhinhos do 802 atearam fogo a seu paiol e denunciaram aos quatro ventos as figuras menores do 401. Por extensão, expuseram ao mundo os canalhas a sua volta, ao norte e ao sul do equador; e mostraram, a uns e outros, com quantos paus se fazia uma canoa, estivesse ela adernada ou não, e fazendo água ou não (à semelhança dos textos esquecidos de certo autor); contasse ela, ou não, com um gongo de sonoridade aveludada — e soasse ele, ou não, na calada da noite, para celebrar as suadas alforrias que ainda viriam pelo mundo afora, umas atrás das outras, ao som de violinos, harpas e atabaques; no supremo entendimento de que, em uma curva da estrada de terra batida, a elegante carruagem diminuísse seu andar, a tempo de

permitir que o cocheiro disparasse um tiro certeiro de mosquetão no meio da testa do corpulento lenhador e, com um gesto preciso do braço direito, transformasse todos os sonhos em realidade para o deslumbramento geral, erguendo do chão, em um só movimento, tal uma pluma, a trêmula e bela donzela de camisola branca, cujos cabelos encaracolados roçariam o ombro de seu salvador, umedecendo-o com o orvalho da floresta e projetando aromas que levariam nosso improvável herói a proclamar em alto e bom som que, sim, definitivamente, a vida era bela e que — por Deus! — ingressariam todos um dia no paraíso pisando em ovos.

II

9

Almoçavam quase sempre na copa, a um passo da cozinha e da área de serviço. Nesta última, por ordens médicas, ele tomava seu banho de sol matinal pela duração exata de quinze minutos. (Algo em comum tinha com seu steward, que fosse além do fascínio por transatlânticos: um fraco pela exatidão.)

Na área de serviço ficava o interfone. E este soara quando haviam chegado à sobremesa. *Alguma encomenda?*

Ele atendeu. Era o síndico. A meia distância, viu a mulher empalidecer. Deu-lhe instintivamente as costas. Com seu interlocutor, trocou três frases se tanto.

— Está bem... — disse antes de desligar.

Voltou a se sentar. E cortou uma fatia de queijo, para acompanhar a goiabada que aguardava sobre o prato. Sua mulher se mantinha calada. A imensidão do que ocorrera não lhes escapava.

O síndico fora, a um tempo, parcimonioso com suas palavras e enigmático sobre seus propósitos.

— Ele disse que gostaria de vir até aqui. Para tratar de um assunto.

O olhar dela nada tinha de indiferente. Mas cumpria uma função estratégica e defensiva, semelhante à que ocorre em jogos de tênis ou vôlei: bloquear o que viesse do outro lado da rede.

— Combinei com ele às cinco da tarde.

Por seu lado, a mulher também se ativera ao essencial:

— Dessa vez, você recebe.

O escritor se limitou a respirar fundo e a concordar.

Dessa vez?!

Eram duas da tarde. Nas horas que ainda os separavam do encontro, cada qual tomaria um rumo distinto, sempre eludindo colisões indesejáveis no sinuoso corredor. Nesse jogo repleto de cuidados e nuances, cada quarto era sagrado e inviolável; a sala representava um espaço a evitar; e, já que na cozinha não voltariam a pisar até a noite, o problema acabava se limitando aos banheiros: eram dois, o maior com o chuveiro; e o menor, um simples lavabo. Imaginou que, de comum acordo, adiariam os respectivos banhos.

Inventou, para uso próprio, uma dúvida amena, quase inconsequente: teria o síndico, ao desligar, dado um sorriso para sua esposa e murmurado "nossos velhinhos do 802..."? Por meio da delicada lembrança, buscava abrigo contra o incipiente mal-estar.

Encerrado o almoço, retirou da mesa os pratos que, como de hábito, lavaria em seguida.

— Gostaria de um café? — indagou.

— Não, obrigada... — ela respondeu, deixando a mesa por sua vez.

Seguiu-a com o olhar: caso se dirigisse à sala, uma conversa se tornaria inevitável. Respirou aliviado ao vê-la desaparecer no corredor. E deu início a sua louça.

Descobrira, nos últimos meses, um certo encantamento por lavar pratos. Era ali, na pia da cozinha, entre águas, esponjas e detergentes, que trabalhava seus enredos e personagens. Pena que a cozinha não dispusesse de água quente, pois a mulher sujava uma certa quantidade de panelas, operando naquele espaço exíguo com a largueza de um *grand chef* que se dignasse a cozinhar em um restaurante de província.

Mas, pensando bem, e em que pesem momentos simpáticos que vez por outra os alegravam, *que chatice completa a vida que vinham levando...* Nada de errado com suas rotinas, fora o fato de que se repetiam a não mais poder. O problema era distinto — e de difícil compreensão. Mas existia.

Seus personagens já não se banhavam em sua pia, toda tomada por espumas impessoais. Sentia-se ansioso. De onde viria sua preocupação? De Eva? Em que pensaria ela naquele instante?

Na menina?

10

O síndico fora pontual: chegara às cinco da tarde. Após lhe dar as boas-vindas, o homem sentara-se no sofá, deixando ao visitante a escolha das poltronas. O rapaz evitara a azul. E ele optara por desconsiderar o fato: não conviria produzir ilações com base em sonho alheio.

Mas reparara em um detalhe: na sala que, sem ser grande, era dotada de razoáveis proporções, encontravam-se acomodados bem próximos um do outro, o que, por pouco, conferiria à conversa deles um caráter confessional.

Antes que um dos dois pudesse abrir a boca, no entanto, a mulher se juntara a eles com a bandeja do café. O marido soubera disfarçar sua surpresa com um sorriso, no qual o síndico pensou detectar um quê de desconforto — percepção que Eva se encarregara de dissipar com naturalidade:

— Um cafezinho cai bem em uma hora dessas.

— Espero não estar interrompendo vocês nesse fim de tarde... — disse o síndico.

Sentada ao lado do marido no sofá, a mulher tranquilizou-o:

— De maneira alguma.

Ao que o marido, ainda intrigado com a presença dela, acrescentou:

— Interromper não seria bem o caso: estávamos aguardando você.

Aqui, porém, mudara de tom:

— Mas, para ser franco...

E emendara:

— ... estava terminando de rever *Il gattopardo* na televisão. Faltavam cinco minutos para acabar quando a campainha tocou.

— *O leopardo* — traduziu a mulher. — Um filme que ele adora.

— Mas não se preocupe, temos o DVD — esclareceu o marido. — Posso rever a sequência final depois.

Passando por cima da barragem de informações, o visitante foi ao principal:

— É também um de meus filmes favoritos.

O casal mal conseguiu disfarçar seu encantamento. Mas, sem querer, exagerou na dose. Formulações como "não diga", alternaram-se com "que coincidência" e "não é possível". O que levou o rapaz a indagar com polidez:

— Por quê?

Marido e mulher se entreolharam. E coube ao marido incorporar a persona do príncipe de Salina, personagem central do filme, para se subtrair à delicada situação criada. Excluída a esposa, raras seriam as pessoas que teriam logrado distinguir se selecionava suas palavras movido pelo cuidado ou ironia. O certo é que adotou a maneira franca e, por vezes, rude, do príncipe:

— Porque... Porque, meu caro, sem faltar ao respeito devido a sua profissão de engenheiro, e muito menos a sua condição de síndico, pela qual temos toda consideração...

(... *pena só ter um resto de café morno para beber em contraponto à pausa...*)

— ... não imagino existir, em nosso país, nos dias que correm, uma única pessoa de sua idade que tenha visto *Il gattopardo* de Luchino Visconti em sua versão original.

Precedida por uma risadinha nervosa, a mulher pisou velozmente em cena:

— Meu marido é conhecido por afirmações...
Valeu-se de dois segundos para criar coragem:
— ... exageradas.
Entre satisfeitos e aliviados, os três riram. O marido, que teria fechado a cara para "absurdas", assimilara, magnânimo, "exageradas" — termo também acolhido pelo síndico de bom grado. Sendo que este ainda contribuíra para amenizar a situação comentando ser neto de italianos, da Sicília justamente, e registrando que, em sua juventude, o pai o fizera ler Lampedusa no original; e mais: fizera-o ver a adaptação cinematográfica de Visconti de que falavam. E que ele muito apreciara.

Aqui inclinara o corpo na direção de ambos para assinalar seu interesse pessoal "por histórias envolvendo aristocratas decadentes morrendo em meio a mundos esplendorosos".

— Perdão — interrompera seu anfitrião —, é o contrário: *don* Fabrizio nada tem de decadente. Decadente é o mundo a seu redor! E esplendoroso é *ele*. Um autêntico príncipe. O último de sua linhagem.

— Meu marido adora esse filme... — intercalou a esposa com suavidade, antes de se retirar rumo à cozinha.

— Uma das mais belas adaptações levadas às telas... — ela escutou o marido anunciar de longe.

Tratava-se de frase que recomendava uma boa pausa. E, com efeito, ao regressar com sua bandeja e três copos d'água, Eva ainda alcançou a réplica do síndico:

— Transita da ópera ao cinema, passando pela literatura.

De regresso ao sofá, a mulher relembrou por sua vez:

— As autoridades insistem para que bebamos muita água.

Distribuídos os copos, coube ao escritor afirmar:

— Tanto o filme quanto o livro representam uma espécie de luto por um passado perdido. Nesse sentido são, ambos, evocações proustianas.

A ninguém espantava que a própria alma das obras de Visconti e Lampedusa estivesse sendo dissecada no palco de um apartamento anônimo, em um bairro carioca perdido na periferia do mundo. Lá fora, a cantoria dos pássaros fazia coro.

— Nossos passarinhos... — mencionou a mulher em um tom jovial. — Hoje estão animados!

— Desagradáveis são as badaladas das seis da tarde do sino da igreja ao lado... — encaixou o jovem, aderindo às amenidades.

— Nem me fale... — disse o dono da casa.

Tendo, no entanto, ruminado uma série de ideias, este último preferiu voltar à carga:

— Um luto por uma glória impossível de resgatar.

— Sem dúvida, sem dúvida — seu interlocutor se apressou a assegurar.

O sorriso que os mantinha unidos encorajou a mulher a deixar a Itália para homenagear um autor francês:

— E então? — indagou.

— Então... — principiou o síndico, ainda sem condições de lidar com o assunto que o trazia.

Mas, cedendo à impetuosidade de sua ascendência siciliana:

— ... meu personagem favorito é o conde Tancredi, vivido por Alain Delon no filme. E não o príncipe de Salina... Um adorável cínico, esse conde! Se a história se passasse no século XX, o rapaz seria fascista e apoiaria Mussolini.

Ainda por cima conseguira dar a palavra final, haviam pensado os anfitriões, saboreando o feito ou rangendo os dentes, segundo o caso.

— Tão raro ter com quem falar sobre esses assuntos... — arriscara a mulher com um suspiro.

E sem dar tempo ao marido de interferir, abrira espaço para o que viria:

— Mas agora vou deixá-los. Imagino que tenham assuntos sérios para tratar.

— Sim... — concordou o visitante.

Agregando com a elegância que, mal ou bem, prevalecera na sala:

— ... salvo que sua opinião seria muito bem-vinda.

II

O casal passaria o final da tarde e parte da noite mobilizado. Irritado talvez fosse a palavra mais apropriada no caso do marido. Em sua visão, era inconcebível que, à luz dos propósitos trocados entre eles, tão apreciados pelo escritor, o jovem tivesse tido o desplante de...

A rigor, nem tinha palavras. Se as usasse com franqueza, em uma conversa a dois com a mulher, por exemplo, elas seriam impublicáveis.

Na realidade, a missão do visitante naquela tarde evoluíra de delicada a ingrata precisamente por força da conversa que a precedera. Porque seu objetivo não fora outro do que obter a concordância do anfitrião para que seu nome, de todos apreciado no edifício, fosse submetido ao condomínio para...

... substitui-lo nas funções de síndico!

Ao se deparar com o convite, o autor engasgara com a água. E, dali em diante, não disfarçara a indignação que o acometera. Atônito, não se recordava de uma situação que o tivesse deixado de tal forma perplexo. Nem mesmo a tarde fatídica em que um de seus manuscritos mais recentes fora recusado por sua editora.

Talvez porque a alma de Visconti ainda pairasse pelos tetos de sua sala, às voltas com os afrescos de uma grandeza hoje perdida. Sob essa perspectiva, parecia-lhe inconcebível que dois temas de tal forma irreconciliáveis — a beleza de uma época gloriosa esvaindo-se em nostalgias, de um lado; e, de outro, a aridez associada às tarefas de que se incumbe um modesto síndico — pudessem de repente, e sem a menor das transições, compor a pauta de uma mesma conversa.

Como escritor que era, sentia-se violado em sua mais profunda intimidade. Aquela que, acima de todas, julgava digna de reverência: o respeito à arte quando professada pelos grandes mestres.

Notando que seu interlocutor empalidecia a olhos vistos, o visitante hesitara. Sensível ao momento, logo entendeu que pisava em falso. Ainda assim, optara pela insistência. Em parte, por não ter alternativa — mesmo porque precisava colocar em cena o motivo que o trazia.

Mas, também, por não se sentir responsável pela intromissão oral, em sua agenda, de evocações que julgava irrelevantes à luz de seus propósitos. Não passavam, afinal, de figuras literárias. E de personagens.

Prosseguindo então com suas explicações, ainda que em voo cego, alegara que, após três períodos consecutivos nas funções, não tinha mais como responder pelos assuntos do prédio, pois acabara de aceitar novas responsabilidades na firma onde trabalhava. Os filhos e a mulher, além do mais, reclamavam do pouco tempo que ele dedicava à família.

Seguira-se um pesado silêncio, que o canto dos pássaros nada fizera para amenizar.

Se ao menos o visitante se tivesse mantido à altura do sonho de sua mulher, pensara o homem entristecido. *Quando parecera tão atento a uma família no limiar do desespero...*

Nem isso, no entanto, ocorrera.

— Deduzo que minha sugestão... — murmurara o rapaz, ensaiando um movimento para deixar sua poltrona.

— Dedução correta, meu jovem — interrompera o homem, erguendo-se por sua vez. — Dedução *absolutamente* correta.

Os panos quentes, como de hábito, tinham vindo da mulher, que se juntara às despedidas na saída, enquanto o elevador era acionado:
— Meu marido escreve e, por isso, é muito ocupa...
— O senhor escreve? — o rapaz ainda tivera tempo de indagar polidamente.
Um desastre, um verdadeiro desastre..., resmungara o marido após verificar, pelo olho mágico, que o elevador tinha mesmo descido. *Tancredi, seu personagem favorito... E eu, síndico!*
Em que pese o desabafo, sentia-se deprimido. Estava ciente de que seu rompante nada tivera a ver com a idade ou um instante de fraqueza. E menos ainda com o pobre rapaz. Remontava, ao contrário, a sua mais tenra infância — quando, impaciente, mal conseguia se expressar.
Um suplício, pois era infinita a quantidade de informações que desejava repassar aos adultos a sua volta; e muito limitada sua capacidade de fazê-lo, fosse pela falta de vocabulário, fosse pela enorme ansiedade que o levava a deixar seus relatos pela metade.
Já homem-feito, frequentara um casal de velhos amigos de seus pais. Certa noite, entre admirado e assombrado, ouvira de ambos descrições sobre suas tiradas em criança. Admirado, por não se recordar das histórias evocadas. Assombrado, pela enormidade do que supunha estar soterrado nas ruínas de seus primeiros anos.
Sentira-se então como o poeta fenício que, no fim da vida, retornasse a sua cidade natal e, vendo-a destruída por uma sucessão de guerras e epidemias, não conseguisse reconhecer, como seus, os poemas de juventude reencontrados em meio aos escombros do lar paterno em rolos de pergaminho.
Anotara em pequenos pedaços de papel, bem como no verso de um envelope, as minúcias preservadas pelo casal. E, na mesma noite, inclinara-se sobre elas com a reverência de

quem tenta reconstituir uma cerâmica antiga a partir de seus fragmentos. Chegara a vislumbrar, à distância, um vago arquipélago — jamais a terra firme.

Em compensação, anos depois, abençoara a hora em que lograra produzir uma frase com começo, meio e fim, ainda que não naquela ordem. O resto seria fácil, pensou. Histórias para contar, era o que não lhe faltava. Mas...

... por onde andariam? Se seu arquipélago sumira do mapa e apenas os mares haviam restado?

12

Retornava sempre em pensamento à adolescência. Por uma razão tão romântica quanto estratégica: outrora, essa fase cotejara de perto sua infância — e ele, por essa brecha, alimentava a esperança de se reaproximar daqueles anos ainda mais remotos.

Em vão: era parado na fronteira do tempo, como se viajante indocumentado fosse e mal soubesse declinar seu nome — e menos ainda indicar o motivo que o trazia de volta àquelas paragens.

Olhava então para a vastidão onde tanto florescera — uma paisagem que hoje se apresentava a seus olhos sob a forma de um descampado. Nada restara. Suas histórias tinham desaparecido, sem deixar vestígios. Tal um fenômeno da natureza.

Híbrido, como um cataclisma pessoal. Muito semelhante, no ínfimo plano do indivíduo, a uma convulsão de grandes proporções ocorrida na crosta terrestre; que, em lugar de criar fendas ou montanhas, abrindo mares e separando continentes, liquidasse com seu passado. Os dinossauros não tinham desaparecido em segundos por cortesia de um asteroide vindo do espaço intergaláctico? Algo de bem mais simples se dera com sua minúscula anomalia. Algo que jamais seria visível a olho nu.

Já não teria, assim, como chegar à mina pessoal de suas ideias — fosse qual fosse sua dimensão. O elo se rompera. A criança efervescente cedera espaço ao adolescente inquieto. E este só conservava as saudades de quem fora. Uma sensação que, às vésperas da vida adulta, nada tinha de trágica e tudo de patética.

Substituiu, sem cerimônia, ideias por ideais. E participou de todas as manifestações de sua geração. Em uma delas, pichando paredes, conheceu Eva. Juntos, acordaram em que era necessário incendiar o mundo. Viviam o maio de 68, dedicaram-se ao assunto com afinco. Foram presos. Mas, em um movimento pendular inverso, acabaram sendo soltos alguns dias depois. Nos primórdios da repressão, pequenos milagres ocorriam por vezes, que levavam os mais jovens a se comportar como heróis ingênuos.

Paralelamente, reinventava-se. Com resultados animadores. Mas foram tantas as mudanças de itinerário — ao longo das duas décadas seguintes —, que se pulverizou. Como um animal fugindo de um incêndio devastador em plena selva, enveredava por trilhas erradas sem perder o ritmo, avançando por caminhos equivocados, alheio ao fato de que eram desvios.

13

Mais importante do que ler era reler. As verdades se escondiam nas entrelinhas. E estas acabavam incorporando variantes que se infiltravam ainda mais no texto — até desaparecerem. O que complicava a busca, sobrecarregando a memória.

Descobria-se sem apetite para labirintos. Daí que olhava para seu texto hoje como, quarenta anos antes, contemplara sua parede lisa e branca em uma ruela perdida do Flamengo segundos antes de ouvir a voz aflita:

— Ainda tem tinta preta na sua lata, companheiro?

Companheiro... E usando uma boina à la Che Guevara ainda por cima...

— Não, só tem vermelha — respondera no ato.

Mas emendara com leveza:

— O pessimismo reina. Acabaram com a tinta preta.

Ela rira e comentara no mesmo tom:

— Segunda-feira é assim. O preto acaba no fim de semana. Não reparou?

A moça parecia ter antiguidade no pedaço.

— Não... É minha primeira vez.

— O que é isso, companheiro? Primeira vez no paredão?

— Da primeira, a gente não esquece.

Por aí tinham ido, entre trocas de sorrisos e olhares furtivos que mal continham o recíproco encantamento. E à noite, depois de ver um Woody Allen no Cinema 1 na Prado Junior, tinham cruzado a rua e comido no Beco da Fome com um cineasta amigo dele. Os três de pé, disputando com outros boêmios e motoristas de táxi um lugar no balcão do bar.

Eva ficara impressionada com o cineasta e este último com ela, pois a jovem revelara ter visto um de seus filmes no MAM, em uma plateia de oito pessoas que incluíra os pais do realizador.

Olhando os dois à meia distância, percebera que, se bobeasse, perderia a mulher ali mesmo — no Beco da Fome. Respirou fundo e cochichou no ouvido dela:

— Com quantos paus se faz uma canoa? Você sabe?

— *O quê!?* — ela indagou, desviando a atenção do cineasta por um segundo.

— Nada. Amanhã, você vai fazer o quê?

— Pichar paredes... Ir ao cinema. E comer pastéis com você, gracinha.

O cineasta se despediu dali a alguns minutos. Ao passar por ele, recomendou baixinho:

— Vai fundo.

Ele fora. Mais fundo, impossível: cinco décadas.

14

Eram, ambos, filhos únicos — mas cada qual a sua maneira. E foi isso que os aproximou. Em questão de dias, tornaram-se inseparáveis. E se os pais dele pouco souberam de sua história com a jovem por estarem vivendo no exterior, os dela se fizeram presentes e logo preencheram, em sua vida, as carências de afeto de que era pródigo. Anos depois, nos momentos de crise, quando o tema da separação por vezes se colocava entre eles, a impossibilidade de também romper com os sogros pesava quase tanto quanto abrir mão da companheira.

Quando, em 2010 ou 2011, uma revista feminina muito popular na época os incluíra em uma reportagem sobre casais "que a tudo haviam sobrevivido unidos", os dois tinham desconversado quanto às possíveis origens da proeza, até mesmo, como admitiam, por não terem como identificá-las. ("E o que importa?", perguntara Eva, enquanto ele alegava precisar consultar os gatos, "que tinham ideias formadas sobre o assunto".)

Haviam, no entanto, concordado em um ponto que consideravam digno de nota: eram diferentes o suficiente para se manter interessados. ("Um pelo outro de início; e vice-versa depois", como haviam afirmado em coro.) Ambos eram artistas, ela fotógrafa (mais adiante jornalista), ele pianista (mais adiante escritor). E se, de início, as divergências pessoais tinham soado o alerta, o trabalho frenético de ambos se encarregaria de suavizá-las, revelando-as pelo que eram: uma fonte de surpresas.

Era o máximo que se dispunham a reconhecer: a vida como um jogo de armar. Desses que tanto fascinam as crianças — quando a eles têm acesso na idade certa. "Uma corrida de olhos vendados", completara ele, antes de insistir na analogia, "um quebra-cabeça no qual certas peças ficam de fora..."

A repórter anotara as palavras que acabariam fornecendo o título e subtítulo de sua matéria ("Um jogo de armar: Quando certas peças ficam de fora").

Depois da entrevista, tinham passado um momento simpático juntos. Vendo as fotografias e a série de reportagens publicadas por Eva em revistas e jornais ao longo da vida, a repórter selecionara a foto de um casal idoso sentado no banco de um parque arborizado e indagara:

— E essa imagem?

— Somos nós... — Eva respondera, enquanto o marido ria baixinho.

— *Vocês?*

E, depois de olhar melhor para a fotografia, velha de quatro décadas:

— Mas...

— Somos nós *hoje* — esclarecera Eva, fechando a caixa com os antigos artigos e perguntando, por sua vez:

— Café?

— Não se preocupe... — agregara o marido ao pé do ouvido da jovem. — Em minhas histórias, ela está sempre oferecendo água ou café nas horas mais improváveis.

15

Certa tarde, voltara a buscar refúgio no passado; e abrira um pesado baú no qual cartas e registros diversos disputavam espaço com velhos manuscritos. Entre as memórias acumuladas, revirara as páginas de alguns álbuns de fotografias.

Uma imagem, em particular, deteve sua atenção. Nela seus pais apareciam, de perfil e lado a lado, em alguma recepção diplomática, ele de terno escuro, copo de uísque na mão e um vago sorriso no rosto, ela de vestido claro, a ponto de sorrir.

Tivesse a foto sido batida segundos depois, teria sorrido. Mas sempre haveria o risco de que, nessa segunda imagem, seu pai se mantivesse sério. As coreografias sociais a que estavam sujeitos abriam espaços para contrapontos.

De toda forma, naquela fotografia sua mãe só olhava. Para onde? Não para os presentes. Olhava além deles. Ou, talvez mais ausente ainda, através deles.

Na foto tinham quase duas décadas e meia *a menos* do que ele hoje. Vista em perspectiva, a diferença pouco significava, pois nada mais refletia além de números; mas, por outra conta — a que pulsava —, era um dado que o mobilizava. Por colocar em cena perdas e desencontros que haviam costurado ou esgarçado o destino dos três, tecendo uma tapeçaria desde sempre incorporada a seu patrimônio.

Tapeçaria que um dia passaria adiante, com o peso das mais variadas manadas que sobre ela haviam caminhado, ido e vindo, hesitando e insistindo, deixando incrustradas, entre fios, costuras, remendos e filamentos, o traçado das inúmeras histórias de que se tornara herdeiro.

Histórias entremeadas de sonhos e pesadelos sobre os quais tampouco exercia controle — as imagens o surpreendiam de forma constante, além de chocá-lo, por vezes. Teria seu pai ameaçado atirar sua mãe no meio do Mediterrâneo em plena noite de tempestade? Ou apenas levantara a voz para ela durante o jantar a bordo, em um tom que ele, do alto de sua cadeirinha, entendera ser intimidador? Levando-o a transplantar a sonoridade ameaçadora para o leito de seu camarote e, mais adiante, fundi-la às ondas escuras sob as quais a mãe desaparecera — para reemergir, sequinha, penteada e sorridente, na manhã seguinte?

A fotografia que agora tinha em mãos não despertara sua atenção até ali, quem sabe por ser menor do que as demais ou por não constar de álbum algum, tendo mais provavelmente escapado de um deles, ou de algum envelope. Mas, ao observá-la com atenção, descobrira, para sua surpresa, que ele também aparecia na imagem — só que pela metade. (No bloquinho ao lado do laptop, anotou a lápis: "sugerir à editora como capa do livro".)

A metade que faltava era a da direita. Mas que era ele (e não outra meia pessoa) não havia dúvida, pois conhecia aquele perfil que ostentara na juventude, pelo cabelo bem penteado e a magreza da silhueta, da qual começaria a se despedir aos poucos nos anos seguintes. Não importava que, de seu rosto, nem visse o olho. Apenas a orelha esquerda.

Era ele pela metade.

Ele, como costumava ser visto pelos pais, emitindo frases que não concluíam; ou principiavam a meio caminho de outro enredo. Pois desde a infância pensava mais do que falava. (Com isso quando abria a boca, adiantava-se; ou, se a fechava, fazia-o cedo demais. E se em criança fizera sucesso pela proliferação de conclusões ilógicas, na adolescência pagara o preço.)

Em menino, tinha sido levado a um psicólogo por conta do problema. A minutos de dar a consulta por encerrada, o médico pedira para ficar a sós com ele. Que idade poderia ter àquela altura? Quatro anos? Cinco? O fato é que, depois de alguns minutos, fora devolvido aos pais pelo terapeuta. E este, ao abrir a porta de saída, limitara-se a olhar para os dois adultos — com um ar de profundo pesar.

Essa parte conclusiva sua mãe sempre contava com um riso meio nervoso, como se considerasse que o médico exagerara — ao julgá-los de forma tão severa. E ele jamais conseguira saber se a cena se dera mesmo conforme descrita pela ótica materna; ou se, em um momento de inspiração maldosa, a mãe submetera a sua apreciação uma vinheta adulterada, que pudesse passar por verdadeira e, daí, juntar-se aos quadros emoldurados de que ele por vezes se servia ao montar suas exposições imaginárias. ("Aquele retrato, o terceiro da direita para a esquerda, é de sua fase azul-escura", comentaria um vago visitante de olho em um possível catálogo, antes de emendar em uma voz mais baixa que poucos ouviriam, pois nem era certo que aquelas palavras tivessem mesmo sido enunciadas: "a fase posterior aos choques elétricos"...)

Notou que, na fotografia, se postara a uns três passos atrás dos pais. Como se tivesse traçado, entre eles e sua pessoa, uma linha discreta que não o deixasse próximo ou distante. Estava onde sempre estivera: a meio caminho entre duas impossibilidades. E era isto que impressionava — sua coerência.

A quem impressionava, porém, não sabia. Pois o mundo se mantinha indiferente.

Era, no entanto, uma coerência que flutuava a seu redor, como um refúgio que permanecesse a sua disposição — e ele pudesse então tecer um fio terra para pisar em solo firme quando desejasse. Algo que o fotógrafo tão bem captara por mero acaso.

Daí, talvez, a tristeza do médico de sua infância (santo homem), que pelo visto beirara o desamparo, o mesmo que por vezes sentimos quando próximos da solução de grandes enigmas — que nos escapam por um capricho de terceiros. O médico soubera ver o ínfimo ser no limiar de algo. De quê, não importava. No limiar, apenas. Assim como a esposa, em seu sonho, vira a menina. Ela, também, no limiar de algo.

Antes de fechar o baú, ocorreu-lhe que uma eternidade separava a imagem em suas mãos do apartamento 802 no qual ele agora se encontrava com a mulher, em um dia que, à semelhança de tantos outros, amanhecera ensolarado e entardecera acinzentado — embalando suas rotinas enclausuradas em um torpor letárgico, do qual ambos emergiriam apenas à noite, ao assistir em silêncio ao noticiário da tevê.

Quando ele, distraído como sempre, enfiaria a certa altura dois dedos no bolso da camisa para tentar descobrir o que trazia por lá — uma bala, um botão solto, uma aspirina? —, e daria de novo com a foto. Nesse momento, acompanhando na tela da tevê o anúncio sobre um documentário relativo às campanhas napoleônicas no século XIX (atribuídas à ambição de Bonaparte), ele se perguntaria:

Por onde andaria hoje minha metade?

16

Por algum tempo, ele continuaria a pensar em sua metade. Batizou-a de M. Sem se dar conta e sem fazer cerimônia passou a conversar com ela.

Embora a dualidade o intrigasse — e por vezes o surpreendesse —, não tinha como negar o fato de que era *dele*, a voz; e *seus*, os pensamentos que iam e vinham naquela frequência clandestina. Nem mesmo a circunstância de que a ilusão se impusesse ocasionalmente à realidade o impedia de ignorar a evidência.

O fenômeno nunca chegara a ameaçá-lo — no sentido de perturbá-lo. As trocas entre eles o levavam a pensar nas fugas de Bach que tocara em sua adolescência. Nas quais, logo após as primeiras notas, ele se esquecia de quem respondia pela linha melódica, se a mão direita, que a iniciara, ou a esquerda, que a ela reagira — abrindo assim espaço para a sequência de costuras, floreios e desenhos a que ambas se entregavam até sua conclusão. E se a analogia se revelava imperfeita, como qualquer comparação que ousasse aproximar palavra e melodia, ela ainda assim ajudava a sugerir a agilidade, coerência e intimidade com que os fragmentos de frases chegavam a seus ouvidos.

Essas manifestações ocorriam a qualquer momento; e se assemelhavam, em tudo, aos devaneios e fantasias de que nos fala a mitologia dos países nórdicos. Com a diferença de que o exercício aqui evocado nada tinha de lírico ou introspectivo, tudo devendo, ao contrário, a algo de bem mais prosaico e lúdico.

No caso, a uma simples partida de pingue-pongue, na qual a pequena bola assumisse o papel desempenhado pelas ideias. E a comparação não era de todo descabida, na medida em que ele por vezes se divertia com os diálogos. Como se de um jogo se tratasse. E por que não? Afinal, chegara a uma idade em que, tal um celebrado poeta, se considerava múltiplo. De si mesmo e, com mais razão, de M. Haviam sido tantas as situações por eles vividas, que certas bifurcações produzidas ao longo do caminho acabavam sendo percebidas como normais.

Costumava se ater a essa imagem mais pedestre do jogo entre eles para, pelo menos, pensar na velocidade e no fascínio com que se dava o intercâmbio de que era parte. As frases iam e vinham, sem que a rede invisível sobre a mesa representasse um problema.

Por essa época, Eva o flagrara falando sozinho pelo corredor. Não era a primeira vez que isso ocorria. Mas o que ouviu a preocupou.

17

— Insanidade, M?

E por que não?

— A perspectiva de que estejamos escorregando rumo ao desconhecido...

... não deixa de ser reveladora.

— De algo maior?

A probabilidade é grande.

— Pode ser.

A mim ela não assusta.

— Mas preocupa Eva...

E até me seduz.

— De um lado, Eva. Do outro, você.

Eu...? Mas se eu nem existo...

— Interfere, logo existe.

Um direito sagrado, este meu: evitar...

— ... os biombos.

Erguidos para justificar as oscilações de sua história.

— Como as muralhas de Eva...

Incendiando seu paiol.

— Bela imagem, não?

Será? Poucos sabem o que é um paiol.

— "Irados, os soldados revoltosos tacaram fogo no paiol."

O que precisamos...

— É de atear fogo.

... a nosso paiol.

18

Já não se recordava em que fase M passara a complicar sua vida. Era o que acontecia com certos devaneios, supunha, quando nos pegam de surpresa e nos encantam — para depois nos dominarem. Teria, por vezes, gostado de manter o parceiro à distância. Não podendo fazê-lo de todo, tentava evitá-lo.

Mas cada coisa em seu tempo, como teria sugerido sua avó. De cujos aforismos ele sempre se valera. "Vamos devagar para chegar depressa", a pobre costumava dizer, tremendo de medo, ao pegar carona em seu fusquinha. Com razão. Ele dirigia com a displicência estudada que os mais jovens confundem com elegância e savoir-faire. A mão esquerda no volante, a direita em qualquer lugar menos na direção de suas vidas (no porta-luvas atrás de um cassete, no bolso atrás do cigarro), o sinal amarelo a meia distância acenando de forma convidativa. Como ignorá-lo?

Acelerava o carro e, inversamente, desacelerava seu texto. (Como diria M, que agora viajava com ambos.) Digamos que tirava férias de seu manuscrito e subia a avenida Atlântica com a avó em um domingo ensolarado para deixá-la na esquina da República do Peru, onde, de vestido estampado, boina e bolsa, ela se encontraria com uma amiga. Extraordinário pensar que, hoje, tinha a exata idade de sua avó naquela época. Daí o desejo de abraçá-la e crivá-la de perguntas sobre o passado.

Seu velho baú era pequeno para conter as indagações que jamais fizera — a ela e aos pais. Indagações que, de lá para cá, sempre revisitava com enorme nostalgia.

Teria sido até curioso se, aos quatro anos de idade, ele tivesse tido condições de puxar o pai pela manga do paletó para, lá de baixo, tentar tirar a dúvida que, por muitos anos, o impediria de dormir:

— Papai, naquela noite no navio, você quis mesmo jogar mamãe no mar?

Não que essa fosse uma questão prioritária, mesmo porque nunca descartara a hipótese de ter sonhado a cena. Mais apropriado, talvez, sem deixar o tema, teria sido deslocar a ênfase e capturar a atenção da mãe com algo de pertinente:

— Mamãe, por que é que *sonhei* com papai atirando você ao mar?

Melhor... Porque, bem mais do que seu pai, a mãe lia muito; e talvez aludisse a Jung ou Freud em busca de alguma explicação que tranquilizasse o filho — ou o alarmasse de vez.

Não seria tampouco improvável que, cedendo aos apelos de sua leitura, ela tivesse virado a página depois de fazer um leve cafuné em sua cabeça, antes de despachá-lo de volta para seu quarto.

— Vai, meu filho. Vai brincar.

Evitando assim a pergunta que mal teria chegado a seus ouvidos; ou que, em sendo processada, obrigaria o menino a administrar uma resposta de alcance tão rarefeito, que nem regurgitada ela desceria por sua alma abaixo.

Não se lembrava em que idade começara a roer unhas, um hábito do qual nunca se desvencilhara de todo, mas esse tema, à semelhança de tantos outros, também poderia ter sido alvo de investigações:

— Papai, não dá para perceber que estamos vivendo um círculo vicioso, no qual eu roo unhas porque você bate em mim, e você bate em mim porque eu roo unhas?

19

Resposta regurgitada!? Descendo por sua alma abaixo?
— Sim, M. É quando o conteúdo gástrico do estômago...
... eu SEI o que é regurgitada!
— Então?
Então não sei o que essa pérola faz em seu texto! Entre tantas outras!
— Os meus não são espaços em busca de aprovação. Ou dignos de atenção.
Carruagens em pleno século XIX, guerras napoleônicas, canoas furadas, gongos...
— Não é por aí, M...
... palhas que reclamam...
— O.k. Calma.
... lenhadores arrastando mulheres em noites enluaradas...
— Assim não é possí...
Isso em um mundo caótico como o nosso, crivado de tragédias e injustiças...
— Pelo amor de...
... para não falar da calamidade climática, do colapso da biodiversidade....
— Todos temas fundamentais, concordo, M...
... do ódio se espalhando pelo mundo, do racismo, das tensões geopolíticas...
— Mas também é preciso abrir espaço para...
... para um poeta fenício! Um poeta fenício!!

— Um de meus mais curiosos personagens, reconheço, mas nem por isso...

...para um tubo de pasta dentifrícia!!

— Uma forma como outra qualquer de...

Chegar a algum lugar?

— ... de me concentrar *no que me interessa*. Nas existências flutuantes.

Existências flutuantes?! De onde você tirou isso?

— Um conselho de Baudelaire para Edouard Manet.

No sentido de...

— ... de não pintar o óbvio, M. De *não* pintar o óbvio.

Muito curiosa, sua coleção de existências flutuantes, um síndico, um steward...

— ... flutuantes mas *relevantes*. Cada qual a sua maneira. Como meu poeta fení...

... um cocheiro, uma cartomante, um lenhador, as muralhas de Jericó...

— ... a cada século, sua bagagem. Por invisível que seja...

E nossa bagagem? A nossa mais pessoal?

— Ainda chegaremos lá, M. Não embarcaremos sem ela.

20

Cada vez mais, M interferia em seu trabalho. Ao fazê-lo, esquecia-se do respeito devido a normas básicas de civilidade — para não mencionar questões elementares de etiqueta, como hóspede que era de cabeça alheia.

Por seu lado, como autor, ele continuava fiel ao princípio *de partir de uma frase*. Uma frase que nascia solta, desvinculada de hipóteses ou teorias. Sem compromissos. Entre eles, o mais traiçoeiro de todos: chegar a algum lugar.

Uma frase que só necessitava de um espaço para respirar e olhar a sua volta. Nunca de exigências que, de cara, a vinculassem a um destino. Precisava sentir-se à vontade. Para fecundar e ser fecundada.

Nessa fase da criação, era soberana absoluta, mandava na página — *e nele*. Não porque o futuro fosse incerto, fato que nem vinha ao caso. *Mas pelo papel por ela exercido até aquele instante*. Poderia inclusive acontecer que, em uma etapa posterior, soterrada debaixo de rascunhos sucessivos, a frase sumisse sem deixar vestígios. Nem por isso sua importância cessaria — teria cumprido seu papel. E o texto, ainda que privado de mãe, jamais seria órfão.

Esse sacrifício supremo, também ele estava disposto a fazê-lo no plano pessoal. Descoberta a linguagem, liberado o acesso a seus mistérios, não se importaria, como escritor, de desaparecer, sair de cena, fundindo-se a seus rascunhos. O que importava era a obra, nunca uma vaga autoria desde sempre condenada ao esquecimento.

M discordava de seus comentários, quando não ria deles. Comparara certa vez um de seus capítulos a um cavalo puro-sangue ("árabe", chegara a precisar) que, por certo tempo, galopasse por um campo verdejante, mas que perdesse aos poucos sua aparente nobreza para, ao final, assumir as formas de um pangaré que mancasse em meio a uma paisagem desolada. E atribuíra o fato a sua indulgência com o texto, bem como à ausência de uma âncora que assegurasse ao capítulo um mínimo de consistência "no percurso entre a largada e a chegada".

Não conseguia imaginar de onde M tirara seu cavalo árabe. (Mas sabia que a visão refletia um vício de origem.) Isso dito, reconhecia que ele até teria razão — caso o objetivo de um texto fosse mesmo chegar a algum lugar.

Mas e se sua razão de ser fosse passear pelas entrelinhas, quem sabe ciscando entre as palavras — sem receio do descampado?

Dissecando, por exemplo, as infinitas possibilidades de um simples tubo de pasta dentifrícia? Para então asfixiá-lo e, depois, examiná-lo? Chegando, por seu intermédio, a uma estalagem perdida em algum ponto do continente europeu no limiar do século XIX?

Para ele, a frase era uma isca; para M, o peixe.

O mistério da frase de M acabava no momento preciso em que ele contemplava sua página e escrevia cinco letras. P-e-i-x-e. Fim de mistério.

O mistério da sua nem principiava quando a isca aflorava. Porque, mesmo tendo um pé no mundo real, ela não era daquelas que são atiradas às águas na ponta de um anzol. No máximo confundia-se com as sombras das folhagens que ainda bailariam uma noite no teto de seu quarto, indicando o caminho a ser seguido por seus manuscritos.

Nem aprofundara a discussão para não contrariar M. Mas se tivesse ido um pouco além, acrescentaria que sua frase — a primeira de qualquer manuscrito seu — não passava do mais inocente dos convites. Pois ela ignorava a natureza, relevância ou teor das ideias que estariam à espreita.

A elas caberia fisgar a frase. E não o inverso.

Já lhe ocorrera imaginar que existisse, em alguma parte do universo, um arquivo vivo de ideias à disposição de quem desejasse recolhê-las, assim como proliferavam, a sua volta no mundo real, uma fartura de bancos de dados para quem quisesse consultá-los.

Se um de seus personagens descrevia a vida como um jogo de armar, lembrando, porém, que algumas peças por vezes não se encaixavam, queria ter a liberdade de concordar com ele. Mas, na sequência, teria também gostado de sugerir uma visão distinta, segundo a qual a vida pudesse assumir a forma de um painel contínuo, onde ficção e realidade se fundissem à inconsistência dos sonhos.

21

Uma tarde, como fatalmente sucede em certos enredos, sentaram-se no sofá da sala para uma conversa. E foi a vez de Eva produzir sua frase:

— Minha mãe sempre dizia que *o pior cego é aquele que não quer ver*.

Ele aguardou. Não era à toa que viviam havia tantas décadas juntos. Recordou-se de uma expressão muito usada por sua própria mãe — e pensou *que se conheciam pelo avesso*. Deduziu que, com suas palavras, Eva nada mais fizera do que lhe proporcionar uma chance de também pisar em cena ao abrigo de um lugar-comum.

Ocorre, porém, que *a velocidade de propósitos nem sempre era* — como diria aqui sua avó — *uma boa conselheira*.

Sentiu, assim, que se faziam acompanhar de três mulheres, sendo que uma delas de geração ainda mais remota. Três mulheres cuja sabedoria muito devia ao trivial escondido à vista de todos.

Concentrou-se então em dois detalhes objetivos: se de um duelo ao estilo de séculos anteriores se tratasse, com pistolas ou floretes, Eva necessitaria de um par de testemunhas — já que, de seu lado, a mãe e a avó não deixariam de secundá-lo. Quanto ao cenário, também pensou, a sala de estar precisaria abrir espaço para um jardim à beira de um bosque, onde o embate ocorreria na grama orvalhada nas primeiras horas da manhã.

Foi o ruído dos pássaros convocados pelas luzes do entardecer que o trouxe de volta a sua sala, cuja aparência quase adormecida o tranquilizou, a ponto de levá-lo a sentir falta dos gatos de sua mulher. Nada havia, naquele ambiente, que evocasse lutas ou duelos. Dependendo do andar da carruagem, pouco ocorreria de grave naquela paisagem.

Não convinha, contudo, prolongar a pausa que sucedera à frase de Eva. Nem que fosse para retirar, do silêncio, a apreensão que se insinuara entre eles dois.

Decidiu então sinalizar interesse por aquele ser que, ainda imóvel na sala, não ousava enxergar. Mas optou por fazê-lo da maneira mais econômica possível.

— E...?

Ela soube administrar o desafio com naturalidade e foi até além: valeu-se dele para entrar no assunto em dois tempos:

— E você...

As muralhas de Jericó davam início a seu lento processo de implosão. Sentiu que, em instantes mais, seria soterrado pela mistura de terras, argilas, pedras e...

— ... anda falando sozinho pelos corredores.

Salvo pelo gongo.

— Mas é o que faço ao escrever — sorriu apressado. — Quando trabalho meus diálogos. Você se cansou de chamar minha aten...

— Só que dessa vez... — ela interrompeu erguendo a mão esquerda, um gesto a que raramente recorria.

— Dessa vez...

— ... o que você diz não faz sentido.

Não faz sentido?!

Não teve como aparar o golpe. Pois era de um golpe que se tratava, estava seguro. Tanto que as testemunhas tinham estremecido. (Ou assim pensou.) Golpe profundo, quase desleal, pois o comentário o transportara diretamente para a dislexia de sua infância. Nada mais havia a fazer, fora respirar fundo.

E tentar brincar:

— Você, afinal, sabe com quantos paus se faz aquela nossa famosa canoa? — indagou, com as sobrancelhas erguidas.

Ela entendeu. Para além da brincadeira, batida de tão evocada, entendeu o susto. E reconheceu, com um breve olhar enternecido, que talvez tivesse exagerado. Por seu lado, como marido, ele teve a medida exata da preocupação de sua mulher.

— É assim tão... *estranho*? — perguntou baixinho.

As testemunhas recolhiam as armas do gramado e saíam de cena.

Foi a vez dela de sorrir.

— Nem tanto... — disse, ao senti-lo desamparado — ... mas é curioso. Porque não consigo decifrar o que você diz.

Aqui, Eva hesitou, e ele, resignado, soube aguardar uma vez mais.

— Não estou conseguindo reconhecer *o idioma*. Não parece ser...

Haviam chegado ao que, em sua história, ele costumava chamar de terra de ninguém. *Quem melhor do que ela para acompanhá-lo na jornada?*

— Não parece com nada conhecido. É incompreensível.

E quem melhor do que ele para saber disso?

Por alguns segundos, ela se deteve. Como se tentasse se recordar de algo:

— E quando reconheço, não faz sentido.

— Não faz sentido?

— *Eu?! Síndico!*, você resmungou uma vez. *E Tancredi seu personagem favorito!*

O velho gongo, novamente a socorrê-lo. Dessa vez categórico, infalível:

— Claro... Foi logo depois do Luiz Bernardo sair daqui.

— Quem?

— O síndico! *Nosso síndico!* Quando o Luiz Bernardo veio nos visitar...

— Luiz Bernardo nunca pisou aqui.
— Sim, dias depois de você sonhar com ele, lembra?
— Eu?! *Eu sonhei com nosso síndico?!*

Seu descampado dava origem a um pântano. E, a cada passo, ele se atolava um pouco mais.

22

— O senhor está bem sentado? O cinto não está apertado?
— Não... Estou bem. O assento é confortável. E você?
— Comigo tudo o.k.
— Daria para pedir ao motorista que dirija bem devagar?
— Ele sabe, ele sabe...
— É que minha mulher vai tentar seguir a gente.
— O motorista está avisado. Sua esposa conversou com ele.
— Ela está trazendo minhas coisas em nosso carro.
— Eu sei. Eu ajudei a descer a mala.
— É verdade. Obrigado.
— A essa hora nem tem trânsito. Não há pressa.
— Você gosta de seu trabalho? De acompanhar pessoas indo daqui para ali?
— Muito. É bem variado. Não tem um dia igual ao ou...
— Eu também gosto do meu.
— É? O que é que o senhor faz?
— Eu também acompanho pessoas indo daqui para ali.
— Não diga!
— *Dê-me uma frase e eu erguerei o mundo!*
— Como é que é?
— Arquimedes. O ponto de apoio.
— Arqui...
— ... medes. Um filósofo grego. Basta um ponto de apoio. Para a alavanca.
— Para a alavanca?

— É... Foi o que descobri.
— O senhor descobriu a alavanca?
— Não. Descobri a frase. É ela que alavanca a história. *Seja ela qual for...*
— Que beleza!
— Não é? *Mas a frase sempre corre perigo.* Podem sumir com ela.
— Do jeito que roubam tudo em nosso país...
— Exatamente, *exatamente, meu amigo...* Você também escreve?
— Se eu *escrevo...*? Escrever, eu escrevo. Quer dizer, eu sei escre...
— Suas frases têm começo, meio e fim?
— Começo, meio e...?
— É. Nessa ordem ou em qualquer outra.
— Eu escrevo endereços. E às vezes tomo notas.
— Notas. Muito importante. Tenho um bloquinho à mão só para elas. Aliás...
— O quê?
— Esqueci meu bloquinho em casa! Será que não daria para vol...
— O senhor escreve o quê?
— Histórias. Grandes, verdes, magras, altas...
— Verdade?
— ... pequenas, roxas, gordas, baixas...
— Mas que ótimo...
— Nem sempre é fácil.
— Imagino! Mas de onde vêm... de onde vêm...
— As palavras? Depende. Dessa ambulância.
— *Dessa ambulância?!*
— Basta ficar atento. Bem sentado. E em silêncio.
— No meio do trânsito? Com gente buzinan...
— O que acontece lá fora não interessa. Só aqui dentro.
— Só aqui den...

— É. Entre nós dois.
— Nós dois...
— No mais absoluto silêncio.
— Não dá para falar baixinho?
— Dá. Baixinho dá. O que interessa...
— O que interessa...
— ... é a frase.
— A frase.
— Sim. E, depois dela...
— Depois dela...
— ... a montagem.
— Ah...
— Daí em diante, basta respirar fundo e... e...
— O cinto está incomodando?
— Não. Queria ter certeza de que minha mulher está mesmo atrás de nós.
— O carro verde?
— Não estou conseguindo me virar por causa desse cin...
— O carro está bem atrás de nós. Pode ficar tranquilo. Estou de olho.
— Muito obrigado.
— *O que acontece lá fora não interessa...*
— Exatamente... Você aprende rápido!
— O senhor é que é bom professor. E o que vem depois?
— Depois? O segredo.
— Segredo?
— Encontrar a maneira de... *penetrar na imaginação alheia.*
— Olha só!
— Pela porta dos fundos. Nunca pela da frente. Mas não para contar algo.
— *Não!?*
— Não... Contar algo é fácil. *Para deixar uma impressão...* Algo que fique.

— Algo que fique. Na cabeça da pessoa?
— Isso. Lá dentro. Bem dentro da cabeça da pessoa.
— Que acompanhe essa pessoa...
— ... daqui para ali. E dali para aqui. Como nós dois, atravessando esse túnel.
— Faz sentido... *Faz todo sentido.*
— Não é?
— É. Só que... O senhor me desculpe...
— Sim?
— ... *me desculpe a pergunta...*
— Diga lá, meu amigo.
— O senhor está indo se internar, não é? Na clínica?
— Psiquiátrica? Sim, estou. E você ficou com a impressão de que...
— Justamente...
— Entendeu?

III

23

— Bom dia.

— Bom dia, doutor.

As sessões começavam por essa troca. Palavras enunciadas, de parte a parte, no mesmo tom, entre otimista e cauteloso. Com um sorriso, despedia-se da enfermeira que o deixara acomodado na poltrona diante do psiquiatra. E que, mais adiante, voltaria por ele.

O ritual não chegava a incomodar, sabia que *algo* aconteceria no encontro matinal. Quando alguns passos seriam dados em uma jornada que julgava inútil, ainda que não desprovida de alguns méritos. No que dependesse dele, no entanto, seriam inúmeras as bifurcações e raros os atalhos.

O cansaço dos primeiros dias desaparecera. E, com ele, a apreensão sentida ao baixar da ambulância. Tinha sido meio brusca a transição da ficção para a realidade. Em casa costumava ser suave, a ponto de nem se fazer notar. Mas, de repente...

De repente, um mundo novo. Do qual a mulher não seria parte. O que o deixara apreensivo de início — dificultando sua capacidade de lidar com o desafio. Ambos ingressavam em searas desconhecidas, tão irreais a seus olhos quanto aos de Eva. Só que, o dela, era o olhar do visitante. E, o dele, o de quem ficava. À noite, fazia diferença.

De dia, nem tanto. O cenário até parecia desenhado para ele. Esculpido, talvez fosse o verbo indicado — tal um terno cortado por um alfaiate atento a suas medidas. Havia também as rotinas distintas, como se adereços adicionais fossem: os horários das refeições, os banhos, as atividades comuns. E a hora dos remédios. Faltava apenas a porta aberta para que "alguém entrasse". De todos os pacientes, só ele parecia haver registrado sua inexistência.

O quarto, no térreo, contava com uma única janela. Mas que dava para uma árvore, plantada no centro do canteiro. Em certos horários, tinha acesso franqueado ao jardim.

Seus novos domínios... Os pássaros seriam outros. Mas como os bairros não eram distantes, alguns de seus pardais talvez viessem visitá-lo. Notara, no segundo andar, grades nas janelas, disfarçadas por treliças. A quem enganariam?

No apartamento, Eva surgira do nada e, cruzando os braços, colocara-se de costas para a janela. Barrara o caminho com o olhar. Não se tratara de uma imposição. Nem de um apelo. No máximo, de uma delicadeza.

Par delicatesse j'ai perdu...

E agora, via-se obrigado a enfrentar o cipoal daquelas sessões matutinas.

O senhor gosta de poesia francesa, doutor? Do século XIX?

Um homem entre cinquenta e sessenta anos. Confrontando o Partenon. Sem saber como acomodar aquelas ruínas. Despachando-o de volta ao quarto depois de uma conversa anódina, sem direito a um cafuné.

Vai, meu filho. Vai brincar.

Atrás da mesa, o médico consulta um caderno. Profissional metódico, organizado.

Sentia-se em desvantagem — seu bloco ficara esquecido no apartamento. A seu pedido, Eva lera ao telefone a última observação ali registrada: "Sugerir à editora como capa do livro".

Não tinha ideia do que aquelas palavras significavam.

24

O psiquiatra perguntara a Eva de onde viera sua impressão. De que o marido se atiraria pela janela.

— Impressão, não — ela corrigira de forma categórica. — Certeza.

Em seguida, porém, suavizara o tom:

— Confuso, ele estava há tempos. Mas andava triste. Uma tristeza infinita que eu nem sei de onde tirava...

O médico optara por tranquilizá-la:

— Aqui seu marido parece estar melhor. E reage bem ao tratamento. Gosta de nosso jardim. Passa horas sentado em um banco debaixo de uma árvore próxima a seu quarto. Por vezes lê, mas nem sempre. A clínica conta com uma biblioteca razoável, muitos livros são doados pelas famílias depois que os pacientes...

Um momento de hesitação.

— ... têm alta — completara Eva.

Estavam um em frente ao outro. Eva, acomodada na mesma poltrona que o marido ocupara naquela manhã. "Com sua balança imaginária", dissera o psiquiatra citando o paciente.

Linguagem que, segundo ele, lograra desvendar aos poucos. Em um prato, *tudo que viera antes*. No outro, *a imensidão do que ainda viria*. E entre os dois — sempre nas palavras do paciente — *o tempo, único dado confiável*.

— Gosto dessa ideia — acrescentara. — *O tempo como fiel da balança*. Quando, como bem sabemos, o tempo não é exatamente confiá...

— E o senhor acha que ele vai ficar bem?

O médico preferira administrar o embrião de confronto de forma serena. Até por não dispor de referências que fundamentassem comparações de qualquer gênero.

Limitara-se então a informar:

— Ele não dá sinais de comportamento autodestrutivo. Longe disso. Apesar de ter mencionado que, aos quatro anos...

— Nunca acreditei nesse suposto suicídio infantil. Aquela travessura com o jarro de vitaminas... Nem a irmã, que morre de rir da história, acredita.

— Ele tem uma irmã?

— E um irmão caçula.

— Os livros...

Chegavam, finalmente, ao que interessava. A meio caminho entre a depressão infantil e a obstinação do autor. Um terreno no qual pudessem pisar sem receio.

— Ele me disse que publicou vários livros — retomou o médico. — Até me deu um deles.

Levantou-se em direção à estante, de onde regressou com o exemplar nas mãos.

— Ainda não li. Mas ele me contou que, depois do quarto romance, largou tudo para escrever. E que, por três décadas, não fez outra coisa. Escreveu outros livros.

— Outros manuscritos.

— *Manuscritos?*

Ela fez que sim com a cabeça e comentou:

— Não passava um dia sem escrever. Era como se vivesse através de seus personagens. Fazia traduções para completar o orçamento. Eram muito apreciadas.

— Quantos, exatamente...

— ...*manuscritos?* Perdi a conta. Inúmeros, ao longo de trinta anos.

— Nenhum deles publicado?

Por alguns segundos, ela hesitou.

— Um deles por nossa conta. Os outros foram todos recusados pelas editoras. Mas isso não o abatia nem o desencorajava. Continuava a escrever como se nada fosse.

O médico insistiu:

— Seu marido se referiu a edições publicadas no exterior. Mencionou um diálogo entre seu agente e um editor alemão.

— Licenças poéticas... As edições na Europa, o agente, o editor alemão... Tataraneto de Freud, ainda por cima! O que ele diz se confunde com o que escreve. E o que escreve raramente tem a ver com a vida real.

Colocando de volta seu exemplar na estante, o médico perguntou:

— E os quatro livros que foram editados?

— Instigantes, todos eles. Cada qual a sua maneira. Mas passaram despercebidos. As resenhas, na época dos lançamentos, foram discretas ou inexpressivas. Em alguns casos, até inexistentes. Ninguém se lembra deles hoje.

Aqui o sorriso solidário.

— Eu ficava ansiosa. Ele, não. Com o tempo...

— Com o tempo?...

— ... fui percebendo que ele transitava da ficção para a realidade, e vice-versa, com enorme facilidade. Como se tivesse criado para si uma espécie de jogo. Fantasiava entrevistas fictícias, palestras em universidades, correspondência com leitores entusiasmados... De início, eu achava engraçado. Mas, com o tempo, vi que muitas vezes ele já nem distinguia uma coisa da outra... A verdade é que em momento algum duvidou de seu talento.

— Não deve ter sido...

— ...*fácil?* Para mim? Fácil nunca foi.

O médico sentiu falta do cigarrinho abandonado dez anos antes.

— Foi... *diferente*. Entre outras razões porque, de esposa, fui promovida a personagem. Sem jamais deixar de ser leitora... E revisora.

Aqui ela riu. Por sua vez, o médico percebeu o que os unira por tantos anos.

— Nossa existência foi mágica...

E para si mesma:

— *É mágica.*

25

Para sua surpresa, as coisas não andavam tão mal assim em seus novos domínios. Sobretudo porque o tema do regresso à infância, tão presente ao longo de sua vida como obstáculo ou obsessão, abrira espaço para a novidade representada pelo quarto e pela árvore. Em poucos dias, sua imaginação cedera aos encantos dos dois ambientes.

Se inquirido fosse por terceiros — pelo médico, por exemplo, ou pela mulher em uma de suas visitas —, não saberia como explicar. O quarto era amplo, mas banal; e nada distinguia aquela árvore das demais. Havia ali, no entanto, *na combinação daqueles cenários*, algo de agradável e vago, cujo alcance e dimensões fugiam a rótulos ou explicações. Mas que ele definiria, se necessário fosse, por seus efeitos: *eram, em ambos os casos, espaços repousantes*. Se vinham sobrecarregados de memórias, eram dissociadas de sua pessoa. Ao contrário do apartamento onde vivera por mais de meio século, no qual não havia parede ou rodapé que não puxassem assunto com ele.

Não sentia o tempo passar, deixava-se flutuar, detinha-se no prazer.

Com o prazer, vinha a entrega. O médico atribuíra a mudança, em parte, às doses de remédios que lhe eram ministradas. A mulher, por sua vez, aludira à sensação de liberdade, que levara o marido a respirar em meio a seu jardim — em contraste à clausura a que haviam sido submetidos por meses a fio.

Sem estarem errados, pisavam em falso. Pois ambos se encontravam a léguas de seu pequeno oásis. Não tinham como chegar lá. Estados de espírito, só na terra de ninguém.

Bem-estar... Uma sensação semelhante à que experimentava quando escrevia. *Só que já não escrevia.* Liberara-se do fardo, da necessidade untuosa que desde sempre o acompanhava. De fotografar, fazer música, resenhar filmes, escrever romances, plantar bananeiras, ser mico de circo ou rei da cocada... Deixava o palco para outros mais necessitados, despedia-se de plateias essencialmente ausentes.

Pouco lhe importava que dispusesse de muitos ou poucos anos de vida. Em seu último manuscrito, registrara uma frase da cena final de um de seus filmes prediletos, na qual, no auge da Renascença e do alto de seu andaime, o mestre pintor exclama, a centímetros de seus afrescos: "Ah, a obra de arte... Tão melhor sonhar com ela...".

O tempo desaparecera de sua equação pessoal. E, com ele, a ansiedade.

26

De todos os espaços com os quais já se familiarizara nessa nova fase, o único que ainda o intrigava, por manter suas reservas, era a sala de refeições. Talvez porque, sendo as impressões iniciais as que ficam, ainda não se desvencilhara da que permanecera em seu espírito desde o dia de sua chegada. Pois havia sido na entrada daquele amplo salão, bastante cheio quando o tinha contemplado — junto a Eva e ao diretor que os acompanhara em um tour de apresentação —, que a ideia de *integrar um conjunto maior de pessoas* viera a sua cabeça pela primeira vez. Até ali, tinham apenas passado por pequenos grupos nos corredores, na biblioteca e no jardim.

Para complicar um pouco mais as coisas, todas as cabeças tinham se voltado para eles, ao vê-los parados no umbral da porta. Era inevitável que, mais do que Eva ou o diretor, ele se sentisse inspecionado. Como se personificasse, por sua simples presença, uma novidade. Teria, depois de tantos anos, encontrado seu público?

Seja como for, nada sentira de hostil no olhar coletivo que se detivera por alguns segundos em sua pessoa. Tempo suficiente para que incorporasse a seu inventário visual as dez mesas, quase todas ocupadas por quatro pessoas; além das seis menores, de dois lugares, ao longo das janelas. Substituindo o gramado pelo mar, estaria a bordo dos transatlânticos de sua infância.

— É aqui que fazemos nossas refeições... — comentara o diretor em um tom casual.

Mas a razão que o levara a se manter intrigado com aquele espaço também tivera a ver com o cenário com que se deparara à tarde. Pois o salão se convertera em cantina por obra e graça de três biombos orientais, todos ornamentados por dragões dourados contra um fundo avermelhado, peças essas distribuídas de maneira criteriosa ao longo da sala — que assim conquistava, com as mesas, uma intimidade especial. E esta era de seu agrado, dada a familiaridade que tinha com biombos literários. Decidiu então que, tão logo Eva partisse, sua estreia social se daria naquele palco, aberto a dragões orientais e sabe-se lá a que mais.

Para lá se dirigira depois de desfeita sua mala e guardados seus pertences. Quando, novamente acompanhado pelo diretor, se despedira de Eva no portão de saída. E dera início a sua nova vida.

Seis décadas tinham transcorrido desde que, aos catorze anos, chegara ao Rio de Janeiro e fora levado, pelos pais, a seu novo colégio — no qual terminaria o ginasial e faria o clássico. Até aquele momento não passara mais de dois anos em um mesmo país ou em uma mesma casa.

Com base nessa lembrança, divertira-se com a seguinte pergunta: teria outros catorze anos pela frente? Que transformassem a eternidade vivida no mesmo apartamento — primeiro com os pais, depois com Eva — em um gigantesco parêntese entre aqueles dois marcos simétricos de sua existência?

Nisso pensava ao entrar na cantina e dar com seus biombos orientais. Eram, talvez, quatro da tarde e poucas mesas se mantinham ocupadas. O diretor, que o levara a uma delas (onde se encontravam dois homens que aparentavam sua idade e uma senhora mais jovem), cumprimentara a todos e se encarregara das apresentações. E ele, ainda imerso em outras paragens, dirigira um *"enchanté"* a cada um dos presentes. Nenhum dos homens, o diretor incluído, notara. Mas a mulher, sentada a sua direita, se inclinara em sua direção e dissera baixinho "*soyez le bienvenu, cher monsieur*".

Simpático, pensara. E sempre em voz baixa, soltara um breve "*merci, chère madame*", tendo, no entanto, o cuidado de sorrir para os homens que o examinavam com atenção.

Um ambiente como outro qualquer, no fundo. Dos muitos que enfrentara pela vida afora. E que dele haviam feito, às custas de algum esforço, um homem desinibido. A ponto de tocar piano em público. Ou, como havia sucedido, de participar com naturalidade de uma conversa da qual extraíra informações variadas, entre as quais a do café. Pois era apenas naquele horário, e em nenhum outro, que se podia tomar um excelente café na cantina — desde que não passassem das quatro e meia, "porque dali em diante ficava aguado". Observação que, somada às referências ostensivas aos remédios noturnos, tinha sido acolhida com sorrisos por todos.

Na meia hora que se seguira, ouvira mais do que falara, sem deixar, no entanto, de formular algumas perguntas. Entre elas, uma relativa à origem daqueles biombos.

Sobre o assunto, os homens não tinham opinado. Havia sido a mulher que, uma vez mais, demonstrara ter afinidades com ele. E o fizera de maneira pertinente, ao estabelecer uma analogia com os livros doados à biblioteca para levantar a hipótese — sensata na opinião do recém-chegado — de que os biombos também tivessem sido objeto de alguma doação. "Mesmo porque", como acrescentara, "destoavam do mobiliário restante."

Fazia mesmo sentido, ele pensara, tomando seu café — que proclamou excelente, para a satisfação geral.

27

— Bom dia.
— Bom dia, doutor.
— *A vida como um jogo de armar.*
— ...
— Alguma coisa errada com sua poltrona?
— Não. Com minha poltrona, não.
— Surpreso?
— Não. *Surpreso* também não. Não no mau sentido. É que...
— ...
— Não estou acostumado a ser citado. Assim. Depois de tantos anos de...
— Mil perdões! Não tive a intenção de criar um...
— Problema? De modo algum, doutor. Uma dificuldade, talvez.
— Com...?
— O contexto.
— Contexto?
— Do texto.
— ...?
— Do *nosso* texto. Aqui e agora. Dessa sua amável emboscada, para ser franco.
— Ah-ah-ah.
— Ah-ah-ah.
— Nada de emboscada. Apenas um convite. Ao jogo. Um jogo de armar.

— Armar a vida?
— O senhor se recorda de sua primeira providência? Ao chegar aqui?
— Não. Nem me lembro de ter tomado qualquer providência desde que cheguei.
— Três meses atrás.
— Três meses... Três anos, três dias, três séculos.
— Depois de percorrer a clínica com o diretor e sua esposa.
— Tomei café com três outros hóspedes. Vigiados por três dragões chineses.
— Na cantina. Mas e... *antes* disso?
— Arrumei minhas coisas no quarto. Sou um grande arrumador de rou...
— Mas nem tudo coube no armário ou na cômoda. Os livros e os manuscritos...
— É verdade. Não havia lugar para eles.
— Sua esposa então sugeriu que...
— ... fossem depositados na biblioteca. Fazia sentido. E eu concordei.
— Daí que...
— Daí que...?
— ... tomei a liberdade de dar uma olhadela em seus manuscritos.
— ...
— Espero que...
— Não... Não tem problema ne...
— Como seu leitor. Não como seu médico.
— Como *meu leitor?!*
— *De seu romance.* Aquele que o senhor me deu.
— Ah...
— Autografado, inclusive. Está ali na estante.
— Estou vendo. Reconheci pela lombada.
— Mas esses seus manuscritos...

— Tenho saudades...
— ...
— Como vão eles? Mandaram algum recado para mim?
— Quem?
— Meus personagens. Alguns podem ter se esquecido de mim. *A maioria jamais.*
— São fiéis...?
— De uma fidelidade canina.

28

Nesses três meses iniciais, acontecera de tudo um pouco. O mais difícil fora acompanhar Eva até o portão de saída na hora das despedidas. A ideia de que ela se recolhesse a um apartamento vazio o preocupava. Por mais que ela descrevesse com um ar jovial os detalhes de seus afazeres, dentre eles as providências tomadas para levar adiante a tão adiada reforma do apartamento.

A obra incluíra uma modernização dos banheiros e da cozinha, bem como uma mão de tinta onde necessário. Juntos, tinham escolhido tonalidades que combinassem com o novo estofamento do sofá e das duas poltronas.

Encerradas as obras, ele olhara para as fotografias da sala reformada com o distanciamento de quem examina imagens feitas por parentes em visita a países exóticos. Tão longe estava que não se espantaria se desse com um elefante no corredor ou uma pirâmide maia na varanda. Mas não deixara de notar que esta última ganhara várias plantas — e que o apartamento, como um todo, parecia mesmo banhado em luzes novas. Tanto que, por alguns segundos, chegara a escutar o canto de seus pássaros. Reconhecera inclusive, para se valer de uma expressão cara a sua mulher, que estavam animados.

Pusera de lado suas preocupações com Eva ao notar que ela parecia ter renovado o guarda-roupa. E, na calada da noite, quando processava melhor suas ideias, também se dera conta de que ela mudara o corte de cabelo.

— Só falta agora você aparecer aqui de braços dados com um namorado... — ele brincara.

— E você, com sua amiga?

— Qual?

— A da cantina. A dos dragões chineses.

— Nada que se compare a seu coroa, pintando o sete contigo pelas ruelas da vida...

— Coroa? Ele é bem mais jovem do que nós...

A resposta levara-o a despertar sobressaltado. Mas, depois, rira um pouco. E não custara a pegar de novo no sono. Mesmo porque se sentia bem em seu oásis. E era justo que o mesmo se desse com ela. Não ousara lhe perguntar que fim levara seu antigo quarto, por temer que o espaço tivesse dado origem ao escritório com o qual ela sempre sonhara.

Combinara consigo mesmo que os pratos de sua balança acomodariam um sem-número de imponderáveis, desde que amistosos e confiáveis. (*"User-friendly"*, era a expressão intraduzível que lhe viera à memória ao discutir o assunto com seu médico.) Ou seja, sonhos, lembranças, incidentes, novidades que, por sua natureza, não levassem seus transatlânticos a afundar. E perder o quarto representava uma fonte de incertezas com a qual não desejava dialogar.

Ao final daquela tarde, despedira-se de Eva com o beijo habitual. Antes de se dirigir ao estacionamento, porém, ela se virara para trás e, sentindo-o inquieto, tentara tranquilizá-lo:

— O importante é que você se prepare para seu regresso. Enquanto vou dando os últimos retoques no apartamento. Descanse, faça suas sessões, recupere-se e volte.

Em um primeiro momento, ele se sentira aliviado. Na sequência, porém, administrara mal aquelas frases. Por algo que situou entre a vertigem e a sedução. A verdade era que *voltar* já não fazia parte de seus planos.

O que ele precisava era seguir em frente.

29

Se a descoberta da cantina com os misteriosos dragões representara uma novidade, bem mais importante seria, a seus olhos, dar com o velho piano perdido em um canto da biblioteca. Não reparara nele quando viera deixar seus manuscritos e os poucos exemplares de seus livros. Talvez pela solenidade que atribuíra àquela visita.

Separava-se fisicamente de seus originais pela primeira vez, confiando-os às mãos de uma atendente. A moça, por sua vez, apesar de ciente da relevância do gesto, não deixara de consultar o diretor por telefone. Obtida a anuência deste último, a obra fora acolhida em uma prateleira nas alturas, mas acessível com a ajuda de uma escada.

— Trata-se de uma doação? — indagara ela com amabilidade ao preencher uma ficha.

— Os livros sim — e sua voz soara como se estivesse na Biblioteca Nacional —, mas os manuscritos ficam apenas em depósito.

Dirigira-se ao local dias depois. Mal entrado no longo corredor ao fim do qual se abrigavam os livros, as revistas e os jornais do dia, ouvira o inconfundível som de um piano desafinado. Beethoven sofria ali, vítima de uma das incontáveis violências cometidas contra sua memória — no caso a bordo da "Sonata ao luar".

Sentou-se a um canto sem saber quem massacraria o instrumento ao fundo da sala, separado que estava do som por duas estantes. Tendo o silêncio retornado dali a momentos, pegou uma velha revista e fingiu estar absorto na leitura. Para sua surpresa, o diretor em pessoa passou por sua mesa e ele não teve como deixar de cumprimentá-lo.

— Nunca consegui ir além do primeiro movimento dessa sonata... — confessou o intérprete.

— Nem eu... — respondeu com o mesmo ar modesto.

— O senhor toca?

A conversinha que se seguiu nada teria tido de memorável, não fosse por um detalhe curioso.

— Preciso tocar um pouco todas as manhãs — dissera o diretor ao se despedir, antes de emendar como se nada fosse —, do contrário acabo louco.

30

— Bom dia.
— Bom dia, doutor.
— Como estamos de jogo hoje?
— Hoje?
— Sim.
— Na mesma. Onde deixamos.
— O senhor me permite uma pergunta? Nada que...
— Claro, doutor. Todas.
— Tem a ver com sua falta de curiosidade. Por minha reação...
— Sua reação...?
— A seus manuscritos.
— Meus manuscritos? Sua reação? Do gênero *gostou-não- -gostou*?
— Não necessariamente...
— Como assim?
— É que os textos parecem autobiográficos.
— Talvez sejam. Nem eu sei ao certo, a essa altu...
— Cheios de fragmentos, peças de mosaicos que nem sempre se encaixam...
— Sou mesmo chegado a alguns desvios. Desde que a frase se mantenha fir...
— Só que sua esposa raramente aparece.
— Eva nunca se deixa mostrar. Apenas sonha.
— E esse fato chamou a minha atenção.
— Mas sonhar não é pouco. Pode ser tudo...

— O que leva a nosso jogo. Quem sabe pudéssemos principiar por aí?
— Por onde?
— Por Eva.
— No Beco da Fome...?
— Talvez.
— Eva comeu quatro pastéis. E eu, três empadas.
— E aí?
— O cineasta não comeu nada. Só bebeu.

31

Fora salvo — e disso bem se recordava — por sua presença de espírito. Protegera sua donzela contra as investidas de um dragão que, ao contrário das figuras incrustadas em seus biombos, batia asas à volta dela.

Agira por instinto. Estava apaixonado e não sabia.

O dragão, por sua vez, revelara ser gentil. E demonstrara ter grandeza. Soubera ver ali, dos dois, quem sangrava. E quem apenas zoneava. Por delicadeza, então, se retirara da contenda. Melhor: deixara seu roteiro de lado, reduzira a iluminação e reposicionara as câmeras. Ao inverter os ângulos da tomada, filmara a sequência com maior sensibilidade.

Vai fundo, ainda murmurara ao sair de cena.

Escreveria ou dirigiria, ao longo da vida, dezenas de filmes memoráveis, a que o casal tinha assistido, primeiro na cinemateca do MAM, depois no Riviera e, por fim, no Paissandu — ela de olho na tela, ele de olho nela.

Na penumbra de cada uma dessas sessões, Eva por vezes sorria para ele. Depois apertava sua mão, como quem dissesse *não se preocupe, continuo por aqui*. E ele demonstrava uma tranquilidade que seu coração insistia em questionar.

Até conhecê-la, tivera aventuras, namorara. Surfara as ondas do amor, mas pela espuma, fugindo das correntezas. E a companheira, que nada mais solicitara do que um pouco de tinta preta em uma ruela perdida do Flamengo, se valera da superfície virgem que palpitava a seu lado para ir além das palavras de ordem.

Juntos, então, haviam deixado de lado os muros e paredes das ruas, ruelas e alamedas da cidade para pintar uma quantidade infinita de telas, cuja beleza e força, grandeza e integridade — o sal de sua terra — haviam ficado preservadas na memória de ambos. E, para quem soubesse ler, nas entrelinhas de seus manuscritos.

Um casal como tantos outros. Único, apenas, nos detalhes.

32

— Bom dia!
— Bom dia, dou...
— Parabéns por ontem! Gostei muito! Gostamos *todos* muito...
— Pediram bis, imagine...
— Eu vi! E todos ficaram até o fim, ninguém deixou a biblioteca.
— No começo, eu estava meio nervoso. Ando com os dedos bem enferrujados...
— Nada, um sucesso! A rotina aqui por vezes pesa um pouco. Falta distração.
— Não acho, diria inclusive o contrá...
— Só eu sei... Até o piano pode pesar.
— *Pesar?* O piano?
— Isso cá entre nós, é claro.
— Claro.
— Quando nosso diretor toca, só dá "Sonata ao luar"...
— Mas até que ele...
— Aquele interminável primeiro movimento, que sofrimento!
— O problema é que a melodia precisa de um bom *legato*.
— *Legato?*
— As notas precisam ser mais *unidas*. Como se o som fosse contínuo e flui...
— Unidas? Como unidas? Se o homem esbarra em quase todas as no...

— Mas fico satisfeito por ter contribuído para a...
— Precisamos repetir a noitada. Torná-la no mínimo mensal.
— Vou ver se refresco meu repertório...
— Não, vamos de chorinho mesmo. É do que a turma gosta... Estava ótimo.
— O.k.
— Pode repetir igualzinho...
— Não sei se seria capaz de lembrar da or...
— Ninguém repararia.
— Meu empresário se ofenderia com um comentário desses...
— Logo vindo de mim! Eu que apreciei como ninguém...
— Verdade?
— Fiquei imaginando o senhor tocando nos bares. Jovem, cabelo nos ombros...
— Bons tempos... Eu fazia parte de um trio.
— Então eu não sei? Está tudo em seus manuscri...
— Meus companheiros ficaram pelo caminho. Sobrei eu.
— Ainda bem. Sorte nossa. Da próxima vez precisamos convidar sua esposa.
— *Eva?*
— Não?
— Tudo bem. Mas aí...
— ... aí?
— Tocarei de olhos fechados... E seja o que os deuses quiserem!

33

O psiquiatra indicara que gostaria de aumentar o número de sessões. De duas para três vezes por semana, chegara a insinuar.

Por seu lado, ele hesitava. Sentia-se invadido, cercado de interferências. Não ignorava aonde certas discussões acabavam dando. E isso quando, justamente, sua vida ia tão bem... Por que não o deixavam em paz?

Queixara-se a Eva. Ela se mantivera calada, mas acabara voltando ao tema de seu retorno ao apartamento. Levando-o a produzir uma frase de gosto duvidoso:

— Pelo menos, aqui, minha janela fica no térreo.

Era sua maneira de se defender. Com a linguagem. Mas gerou mal-estar.

A insistência em *progredir* se mantinha em suspenso entre eles três. O que parecia estar em jogo era "um resultado". Ou seja, chegar a algum lugar. No caso de Eva, ao apartamento. No do médico, a uma alta com direito a tapinhas nas costas.

Mas como? Se nem em seus textos ele se sentira obrigado *a chegar a algum lugar*? Como lidar com algo tão inefável quanto o futuro?

Inefável... Engraçado, fora assim que Eva se referira a um de seus primeiros textos... Na época a palavra o deixara ansioso, pelo tanto que nela havia de incógnito.

Agora, porém, já não tinha como evitar os temas que o assediavam.

Até a manhã em que voltara a recorrer à linguagem em busca de proteção. Quando se valera de uma visão romântica do médico (*"O amor está lá, só que soterrado debaixo das mil páginas de seus manuscritos..."*) para usar um verbo a que jamais teria recorrido em condições normais:

— Falar do assunto, doutor, equivaleria a exumá-lo.

Não dissera *ressuscitá-lo*. E o cadáver insepulto permanecera entre eles.

34

Seu velho amigo cineasta diria que ele sangrava. Como ocorrera no antigo Beco da Fome ao ver seu amor ameaçado. E teria razão: sofria em seu oásis. Perdido uma vez mais entre vontades que ignoravam a dele.

Todos queriam *curá-lo* a qualquer preço. Como sucedera com as falas que não faziam sentido em sua infância, ou os silêncios inexplicáveis da adolescência.

Curiosa sensação... Porque tudo a seu redor o amparava, da tranquila segurança de seu quarto anônimo à beleza singela de seu banco sob a árvore, passando pelos cafés tomados na cantina com seus novos amigos e os momentos a sós ao piano. Além disso, ter parado de escrever retirara de seus ombros o fardo que carregava havia décadas. Dedicava-se, só, a viver.

Ao mesmo tempo, reconhecia, uma estranheza pairava no ar. Só que, ao tentar defini-la, não encontrava explicação. Inevitavelmente, acabava pensando na proximidade da morte. Tema que nem de longe o preocupava. Não era a Grande Dama quem se contraporia a seu oásis.

Então, o quê? *A insanidade?* Se ela já se fazia sentir de forma tão simpática... E até se revelava uma boa companheira de viagem, levando-o a achar graça em tudo...

Com seu amigo cineasta teria podido conversar sobre esses temas. Ele estivera na origem mesma das coisas. No limiar de algo que poderia nem ter acontecido. E que, ao vir à luz, dera sentido a sua existência.

O cineasta, que seguramente nem se recordaria dele hoje, e muito menos da pequena cena vivida com um casal em gestação havia mais de cinquenta anos em um botequim desde então desaparecido, tinha credenciais para entendê-lo. Além de sensível, portara-se como um cavalheiro. Um príncipe digno de Visconti e Lampedusa.

Mas se ele agora regressava a esse antigo episódio — se suas recordações se tornavam repetitivas a ponto de fazerem água como outrora sucedera a um de seus textos —, era porque os famosos fios terra, que tanto o haviam auxiliado no passado, vinham se esgarçando.

E isso, sim, o preocupava.

Nada que uma boa corda, atada a um galho acessível de sua árvore, não pudesse resolver. A direção da clínica não tivera o cuidado de selecionar para ele um quarto no andar térreo? Com uma janela que desse para o jardim?

Examinou suas alternativas. Com o olhar voltado para os detalhes.

Nevaria na noite fatídica... Um fato, em si mesmo, inédito em uma cidade conhecida por seu clima tropical. Solidária, a natureza se reinventaria, criando um cenário à altura do derradeiro enigma de sua vida. Por força do fenômeno, a velha amendoeira se recobriria de branco, o mesmo sucedendo com o gramado atapetado a sua volta.

Nas primeiras horas da manhã, a caminho de seu piano desafinado, o diretor da clínica imaginaria estar sonhando ao se deparar com uma paisagem que lhe era a um tempo estranha e familiar. Seu espanto aumentaria ao se dar conta de que nem frio sentia. E que até transpirava. Alguns metros acima de sua cabeça, ouviria o canto dos pássaros, antes de notar que vários deles voltejavam por entre galhos e folhas picotando com carinho os cabelos desalinhados de um pianista roxo e azulado.

Sorriu consigo mesmo... Por poéticas e evocativas que essas cenas se revelassem, não passavam de miragens. Dignas, no máximo, de um de seus baús imaginários. E, hoje, miragens já não o atraíam.

Não buscava soluções fáceis, que revisitassem antigas fraquezas — sujeitando Eva, ainda por cima, a tristezas desnecessárias. Optara pela vida, além do mais: a Grande Dama que batesse em outra porta.

O que restaria, assim, a título de alternativa?

Velejar mar adentro por águas desconhecidas. Submetendo-se a correntezas que ainda pensassem nele com interesse. Era isso. Tão simples...

A melhor coisa que poderia ter acontecido a seus manuscritos, deduziu então, fora a sucessiva recusa de todas as editoras. Ver seus textos editados sob forma de livros teria significado perdê-los, abrir mão de suas histórias. Teriam ficado presas a encadernações, asfixiadas por lombadas.

Lidas por estranhos, seriam por eles apropriadas, dando origem a opiniões, ponderações, ilações. Deixando-o impotente, do lado de fora de seus enredos, como se uma fronteira — dessa feita intransponível — os separasse.

Agora, ao contrário, seus manuscritos pertenciam apenas a ele e a ninguém mais.

Poderia alterá-los indefinidamente, reabrindo portas que dessem para os mais variados cenários, de modo que novos personagens pisassem em cena; ou fechando-as com cadeados, sem dar satisfações a quem quer que fosse.

Pensar que devia a Eva a sugestão de depositar seus textos na biblioteca... Teria ela vislumbrado o caminho aberto a sua frente?

Era dele a terra prometida — e a ela dedicaria os derradeiros anos de sua vida.

35

— Como foi?
— A conversa com seu médico? Foi boa. Ele hesitou, mas acabou concordando.
— Com a suspensão de minhas sessões?
— Sim. Por duas semanas.
— Teria preferido o cancelamento definitivo.
— Isso ele não tem como fazer. A direção da clínica parte do pressuposto...
— ... *de que o tratamento faz parte do processo de cura*.
— E nem ele, nem você, teriam como abrir mão desse pro...
— Eu sei, Eva, o doutor me disse. Ele não é má pessoa. Só meio obstinado.

Tinham caminhado pelo jardim em direção a sua árvore. Àquela hora matinal, o banco no qual se instalariam permanecia vazio. Sentaram-se à sombra da amendoeira.

— Uma beleza essa minha árvore, não? E que sorte a janela do quarto dar para ela. Às vezes, à noite, eu deixo as cortinas entreabertas para observar, no teto, a dança das folhagens. As coreografias nunca são as mesmas.

— E a música? Contraste ou contraponto?

Continuava fina a sintonia entre eles. Tudo poderia mudar, menos a cumplicidade que os unia.

— Contraste geral! Tradicionais árias de ópera, "Nessun dorma", "O mio bambino", rivalizando com coreografias dissonantes, levando a relva e a natureza a bailar sob um mar de estrelas em uma vertigem irresistível...

— Eu não conseguiria fechar o olho a noite inteira...

— Nem eu consigo. Volto para meus textos e fico por lá... Cheguei a conclusões inacreditáveis...

— Os textos deixados na biblioteca?

— Esses e outros. Além dos inúmeros que ainda continuam chegando. Hieróglifos gerando espirais de energia, palavras movendo ideias por espaços inexplorados, frases que fazem sentido até o momento em que se voltam contra si mesmas...

— Como em um jogo de armar...?

Por alguns minutos, mantiveram-se em silêncio. Contemplavam as folhagens que, embaladas pela brisa, agitavam-se a alguns palmos de suas cabeças. Detinham-se no canto dos pássaros sem vê-los, como haviam feito por anos a fio no velho apartamento.

Não era a primeira vez que passavam um momento juntos naquele banco. Era a primeira, no entanto, desde que ele tomara a decisão de retornar às viagens de sua infância. Quando a *bagagem de porão*, denominação dada por seu pai aos baús que os precederiam no embarque, ficava acumulada no hall de entrada à espera de quem viesse por ela. Enquanto a *bagagem de cabine*, aquela que viajaria no amplo camarote deles — nela incluída sua mala com alguns brinquedos —, aguardava na saleta com os casacos.

Que mares e oceanos cruzariam agora?

Eram momentos de despedidas, cada membro da família às voltas com suas derradeiras rotinas, o pai separando os passaportes e os traveler's checks, ou dando um último telefonema a algum colega diplomata; a mãe correndo atrás dos livros que leria a bordo ou ajeitando o chapéu diante do espelho; e ele zanzando pela casa despojada dos móveis que só reveria adiante, correndo de um canto a outro, a cavalo entre dois mundos mas inseguro em cada um deles, sempre fingindo não sentir saudades do que deixaria para trás — e menos ainda dos amigos que fizera naqueles dois anos, escala modesta em um tempo que se anunciava maior. Pois outros amigos viriam, como asseguravam seus pais; e, na sequência, outros mais. Não era o caso de chorar.

Ele já era um homenzinho.

Mas sabia, por experiências anteriores, que jamais regressaria àquela casa ou àquela cidade. Pior: se voltasse, nem ele seria o mesmo, nem a cidade se aproximaria da que se mantinha preservada em sua memória.

E ele daria com o descampado.

Talvez por isso experimentasse um gênero especial de tristeza, semelhante à que agora notava no olhar de Eva. Como se, em seu banco sob a árvore, ela também estivesse em busca de palavras que o ajudassem a enfrentar aquela estranha mistura de perdas e conquistas.

— E então? — ela indagou.

Então...

Caberia a ele dar vida a algo que por enquanto aguardava. Pensou que, como no passado, levaria a alquimia a suas últimas consequências. E, com sorte, produziria a síntese perfeita — que permitisse à história ser contada.

A hora da verdade talvez tivesse finalmente chegado.

— Então, Eva... *o futuro.*
— *O futuro?* E o que é que você vê em nosso futuro?
— Uma longa viagem.
— Vamos viajar?
— Vamos.
— Para onde?
— Para longe, para bem longe. Uma aventura que talvez dure anos, muitos anos... Com sorte, catorze.
— Fantástico! E o que mais você consegue ver, gracinha?

Gracinha... Havia anos que não se dirigia a ele dessa maneira. Não que o afeto tivesse faltado. Nunca faltara. Mesmo em suas crises de incertezas ou depressões, Eva jamais o abandonara à própria sorte.

Eram as palavras, dava-se conta agora, que tinham se fragilizado com o passar do tempo — e não os sentimentos. Tinham mudado de forma imperceptível, substituindo-se umas às outras, soterrando, nesse processo, as que mais faziam falta. Como a que acabara de ressuscitar com a leveza de uma carícia: *gracinha*.

— O que mais consigo ver, Eva?

Seu público resumia-se a ela... Não erraria nenhuma nota. De alma leve uma vez mais, abriu os braços, como se regente fosse de uma grande orquestra, e enveredou por sua saga adentro:

— O cais do porto, o vapor atracado, as três chaminés soltando fumaça, gente rindo, gente chorando, lenços e serpentinas, passageiros subindo lentamente pelas passarelas, a van parada com nossa bagagem de porão, os carregadores se movimentando, papai aflito, conferindo baús e malas, sem esquecer da chapeleira, mamãe inclinada sobre mim, abotoando bem meu casaquinho de carneiro por causa do vento frio, o casaquinho com aquele gorro ridículo...

— E te cobrindo de beijinhos? Para você não ficar triste?

— E me cobrindo de beijinhos. Para eu não ficar triste.

— Mais uma partida?

— Sim.

Seriam muitos os dias, muitas as noites. E, a esperá-los do outro lado do mundo, uma nova língua, com novas falas, novos textos, novos labirintos, novas histórias.

Só que não mais pisaria em ovos... Como em um passe de mágica, encontraria a solução para o conserto de sua canoa e, enlaçado a Eva, desbravaria os quatro ventos dos mares e oceanos com que ainda se depararia...

A vida era bela.

Talvez por isso o olhar de sua mulher agora expressasse tamanha confiança — linhas e entrelinhas de todos os tipos, cores e tamanhos surgiriam no horizonte. Escritas, rabiscadas, rasuradas, desenhadas, sonhadas. Pintadas nos muros e paredes de seu novo destino.

Mas todas vivas e a seu alcance. A perder de vista. Aguardando por ele na calada da noite...

Aguardando por eles.

© Edgard Telles Ribeiro, 2023

Todos os direitos desta edição reservados à Todavia.

Grafia atualizada segundo o Acordo Ortográfico da Língua Portuguesa de 1990, que entrou em vigor em 2009.

capa
Alles Blau
ilustração de capa
Fabio Zimbres
preparação
Silvia Massimini Felix
revisão
Jane Pessoa
Gabriela Rocha

Dados Internacionais de Catalogação na Publicação (CIP)

Ribeiro, Edgard Telles (1944-)
Jogos de armar / Edgard Telles Ribeiro. — 1. ed. — São Paulo : Todavia, 2023.

ISBN 978- 65-5692-426-7

1. Literatura brasileira. 2. Romance. 3. Ficção contemporânea. I. Título.

CDD B869.93

Índice para catálogo sistemático:
1. Literatura brasileira : Romance B869.93

Bruna Heller — Bibliotecária — CRB 10/2348

todavia
Rua Luís Anhaia, 44
05433.020 São Paulo SP
T. 55 11. 3094 0500
www.todavialivros.com.br

fonte
Register*
papel
Pólen bold 90 g/m²
impressão
Geográfica